NARRATORI MODERNI

ALICE RANUCCI

IN SILENZIO
NEL TUO CUORE

Garzanti

Prima edizione: febbraio 2015

Per essere informato sulle novità del Gruppo editoriale Mauri Spagnol visita:
www.illibraio.it

ISBN 978-88-11-68859-4

Printed in Italy

www.garzantilibri.it

IN SILENZIO NEL TUO CUORE

1.

Vomitavo. Ubriaca. Come ogni weekend. Rieccolo. Il solito maledetto putrido escremento di chissà che cosa stava precipitando fuori dal mio stomaco per uscire ancora intonso direttamente dalla bocca.

La fogna. Ecco cos'era quella bocca. La mia dannata fogna.

Sappiatelo: la maggior parte degli escrementi umani vengono scaricati fuori da lì. Dalle parole che rigurgitiamo come vomito invece di fermarle in tempo. Parole che dovresti tenerti dentro finché non senti l'eco delle loro urla dissolversi, e invece eccole, te le ritrovi davanti agli occhi, a fissarti, a deriderti, a dirti che ormai sono uscite, non puoi farci più niente, cosa vuoi?

Così vomitavo, quella sera.

Ubriaca.

Come ogni weekend.

E vomitando rovesciavo fuori dalle viscere tutte le parole che non avrei mai dovuto pronunciare, e poi rovesciavo la mia cena, il vino rosso, tutto quel vino che non avrei mai dovuto bere, così adesso non sarei stata intrappolata nella peggiore figuraccia della mia vita di sedicenne.

Giancarlo, mio amico da sempre, con quel suo fisico esile, il viso angelico, mi reggeva i capelli, e io sboccavo, e dopo ogni conato ridevo, ridevo a crepapelle.

Avevo appena confessato. Avevo rivelato al mondo il mio segreto.

«Rodriigoo, amo Rodriiigoo», avevo urlato, come se ad ascoltarmi ci fosse solo il buio, e non un gruppo di persone avide di segreti da divulgare e su cui spettegolare.

Eh già, Rodrigo, il mio amore, unico, immenso, eterno. Rodrigo, tre sillabe e un suono irresistibile, metà del suo fascino. Maddài, pronunciatelo: Rodrigo. Era già tutto nel nome. Era lui. Era il duro, il vincente, quello pronto a spaccare il mondo in due.

«Amore, hai sgravato.» La voce sarcastica di Giorgia, e intanto io ansimavo, tentavo di recuperare fiato, mi afflosciavo sulle gambe fragili.

Infine atterrai sul marciapiede. La strada era umida e deserta. Appena qualche macchina, e un fascio di fari ogni tanto ritagliava brevemente le sagome di ragazzini ubriachi buttati per terra, e poi di nuovo il buio. Eppure eravamo lì per farci guardare, tutti noi. Almeno quello era il mio scopo, dare spettacolo, come forse quello dei miei amici. Osservare gli altri sapendo che gli altri osservavano noi.

Risposi a Giorgia con una risatina isterica. Poi un altro conato.

«Cazzo», urlò lei, «datti una regolata!»

La guardai in silenzio.

In bocca un retrogusto aspro, stagnante, puzzolente. Sigarette. Ma quante ne ho fumate?

Datti una regolata, dice lei...

Troppo tardi...

Del resto non mi importava niente di Giorgia, di quello che pensava.

Giancarlo... Sentii le sue piccole mani leggere su un fianco, mentre tentava di sorreggermi. «Dobbiamo portarla in spalla fino al bar.»

Suoni ovattati.

Ogni cosa era solo una ragione per ridere. Ridere, ridere, insensatamente. I sortilegi dell'alcol. I freni trasformati in acceleratori. Niente al mondo contava più di una risata. E ora, ragazzi, si paga il biglietto. Ora si sconta quello che prima non ci pensi mai. Le conseguenze. Quelle no, non ci avrebbero fatti ridere per niente, non sarebbero state piacevoli, si sa.

Riuscimmo a trovare un bar aperto, un miracolo a quell'ora, e ci sedemmo a un tavolo. Tentarono di farmi inghiottire limone e caffè, contemporaneamente. Un cameriere, lo sguardo disgustato, un borbottio fra i denti, non abbastanza silenzioso da non essere ascoltato: «Ma guarda questi ragazzi, ma come si fa a ridursi così!».

Controllai l'ora sul display del cellulare: le 3.30. E sotto quelle cifre inesorabili lampeggiavano messaggi. Quindici, forse. Però non ero in grado di contare. Mia madre. Chiedeva, indagava, blandiva, implorava, ringhiava, minacciava, in un crescendo. L'ultimo il più breve, il più agghiacciante: *Chiamo la polizia.*

La polizia.

Attesi il formicolio che di solito mi assale nelle situazioni di panico, e mi paralizza, e mi blocca qualsiasi movimento, del genere morte apparente. Niente formicolio. Non arrivò.

Allungai il telefono a Giorgia con un sorriso ebete. «Guarda!»

Lei era meno ubriaca di me, abbastanza da riuscire a sobbalzare.

«Cazzo, dobbiamo portarla a casa, se no a questa la cerca la pula, ce la manda la madre!» si agitò, isterica.

«Ma io sono ubriaca!» segnalai, come fosse una rivelazione.

«Lo sappiamo... ma devi tornare di corsa», disse Giancarlo.

Giancarlo... sempre carino con me, sempre accogliente, sempre paziente, anche nei momenti in cui avrebbe avuto ottime ragioni per uccidermi. Giancarlo… che aveva provato a baciarmi l'estate precedente.

La mia memoria, sebbene confusa, prese a sgranare le sequenze del film di quella sera. Lui che mi accarezza il viso lentamente, senza fiatare, senza il coraggio di pronunciare una parola, nella speranza che parli io. Ma il vuoto resta vuoto. Ed ecco che lui, per riempirlo, si allunga verso di me. Ora cerca di baciarmi…

Ne uscì con cinque dita piazzate sulla guancia.

Non che volessi fargli male, figuriamoci, ma la mia reazione purtroppo fu istintiva e inesorabile. Da allora Giancarlo si era limitato a starmi alla larga. Salvo che nei momenti di difficoltà. Quando serviva c'era sempre.

Adesso mi sorreggeva con un braccio, e lentamente mi scortò fino alla macchinetta.

«Ci penso io.» Liquidò così Giorgia, la quale del resto non vedeva l'ora di scappare a gambe levate.

Mi aiutò a sistemarmi sul sedile di destra e si mise alla guida.

«Spostati, devo guidare io!» intimai, con voce strascicata. «Mamma dice sempre: "La macchinetta l'ho comprata a te, e la guidi solo tu, se no m'incazzo!"» motivai, impastando le parole.

«Non penso sia umanamente possibile farla incazzare più di così. Ora sta' buona, che se vuoi almeno arrivare viva a casa è meglio che guidi io.»

«Tanto morirò comunque, dopo», borbottai aprendo il finestrino.

Mi accasciai sulla portiera lasciandomi abbracciare dall'aria, lasciandomi cullare dal borbottio assordante della macchinetta, e tutto intorno a me si dissolse nel nulla della notte.

Mi svegliò una brusca frenata e vidi il portone di casa mia

incombermi addosso come la porta dell'inferno di Dante sui dannati. Quasi sentivo l'urlo delle anime in pena.

«Lasciate ogni speranza o voi ch'entrate...» declamai, sempre ridendo. Giancarlo fece una smorfia, disgustato. Poi appoggiò le mani sulle mie spalle senza distogliere il suo sguardo dal mio.

«Ora mi devi ascoltare bene, hai capito?»

Annuii.

«Tua madre è furiosa, se entri e ti vede in queste condizioni è la fine, quindi cerca di correre subito in camera e buttarti a letto, va bene?» ordinò con intonazione responsabile e sguardo severo.

«Scialla», risposi io, ridendo, ovviamente. Lui non rideva. Fissò il vuoto in silenzio, immobile, per qualche istante.

«Non ti riconosco più, Claudia... tu non eri così...» Il tono malinconico, pieno di rimpianto. Come parlasse di un morto. Nostalgia, emozione, un po' di dolore.

Ma io feci spallucce.

Chissenefrega di Giancarlo.

Io non rispettavo nessuno.

Forse non era l'alcol a rendermi così, forse lo ero già prima, oppure lo ero diventata e basta, chi lo sa. A un certo punto tutte le mie certezze avevano preso a vacillare: ero al liceo. Improvvisamente cose irrilevanti erano diventate fondamentali. Come mi vestivo, come mi truccavo. Con chi uscivo. Dove andavo. Dovevo avere tutti ai miei piedi, dovevo essere in cima, guardata, ammirata, oltre tutti quelli che cercavano di sorreggermi, come lui, come Giancarlo. Io mi reggevo da sola.

Così non risposi, lo abbandonai come un cucciolo bagnato sugli scalini del portone e fui inghiottita dall'entrata nella città dolente.

Mi aspettava l'inferno, questo era scontato. Ma ignoravo che stavo per raggiungerne solo il primo girone.

Tirai fuori le chiavi e aprii la porta con la lentezza e l'agilità di un orso. Mi sembrò di essere stata silenziosa, anche se forse la percezione dei miei movimenti, in quel frangente, subiva variabili di chissà quale portata. Sebbene fossi entrata di soppiatto, il pavimento, per motivi che mi parvero arcani, scricchiolava rumorosamente al mio avanzare. Sebbene mi concentrassi con estrema cautela sulla leggerezza dei miei passi, nel mio incedere – non molto aggraziato – si verificò un imprevisto: una clamorosa collisione con il comò sul quale era piazzato un vaso di ceramica regalato anni prima dalla nonna. Ci sono momenti in cui tutto si ferma, e tu capisci che è giunta la fine, e ne osservi le sequenze muoversi quasi al rallentatore.

Ecco, la fine era giunta: il vaso si frantuma sul pavimento di legno. Un tonfo assordante.

«Claudia?» sentii urlare dalla voce di mia madre. «Claudia, sei tu?»

Stridula, allarmata, sconfitta. Quasi mi fece pena.

Me la trovai davanti, senza scampo.

«Ma che fine hai fatto?»

Mi guardava, incredula.

«Sei impazzita? Ma lo sai che ore sono? No, dico, ne hai la minima idea? Le quattro!! le quattro del mattino!»

La osservai con la curiosità di un entomologo, come se si trovasse dietro un vetro.

No, così arrabbiata decisamente non l'avevo vista mai. Non riuscivo a risponderle... La bocca era impastata, le parole ferme in gola.

«Ma dico, almeno un messaggio non lo potevi mandare? Tu non sai come sono stata, e se ti fosse successo qualcosa? Qualsiasi cosa, io... io non ci posso pensare.»

Si coprì la bocca con la mano, come a ricacciare indietro l'angoscia.

Una lacrima cominciò a scivolarle sul viso. Una sola.

E poi un'altra, e un'altra ancora, e ora piangeva a dirotto, singhiozzava. Si avvicinò per abbracciarmi assecondando una specie di istinto felino, cercava di rassicurarsi, e intanto io...

Io rimasi immobile.

Io stavo sprofondando nel buco nero dentro me stessa.

Io stavo raccogliendo quel che restava delle mie emozioni andate in pezzi.

Io mi stavo chiedendo: come potrebbe andare, peggio di così?

Poi lei mi annusò come un cane antidroga lanciato in mezzo a una banda di pusher colombiani.

«Che schifo!»

Adesso urlava.

Mi respinse, indietreggiò.

«Puzzi...! Puzzi di alcol, puzzi di fumo, puzzi... di vomito.»

Si prese il volto bagnato tra le mani.

«E hai anche guidato! In queste condizioni.»

"No non è vero", dissi a me stessa, "ha guidato Giancarlo." Ma ero troppo ubriaca per fornire spiegazioni. Pensai solo che la sua voce fosse davvero diventata stridula.

E allora cominciai di nuovo a ridere.

Ridevo perché ero ubriaca, ridevo perché ero disperata, ridevo perché volevo piangere, ma le sue lacrime bastavano per tutt'e due.

Lei tutto d'un tratto si paralizzò.

Smise di piangere, di parlare, di urlare, ma fu peggio. Fu come se volesse dirmi: non vale più la pena.

Mi voltò le spalle. Non mi guardò più.

Si diresse lentamente verso la sua camera da letto. Chiuse la porta. Sparì. Rimasi sola.

Sbadigliai.

Adesso, a un tratto, ero solo molto stanca e molto annoiata... tutte quelle stupide scenate per un po' d'alcol, che sarà mai stato!?

Gli adulti!

Sempre tragedie, sempre a esagerare. Devono essere nati così, già vecchi, già sbagliati, già fissati.

Sbadigliai di nuovo, scrutando con disinteresse i dettagli del salone di quell'attico dal lusso antico, le tende di broccato, i divani di seta dai colori coordinati, i quadri ottocenteschi. E come sempre mi sentii soffocare. Odiavo quella casa. Mi ricordava quella me di prima, quella tanto amata, tanto sola. Ero bruttina, insicura, avevo una sola amica. Ma ora no, ora mi vendicavo della vita, e di mia madre che non accettava questa versione di me. La odiavo quando tentava di controllarmi come una bambina. Ero grande io, possibile che non se ne rendesse conto? Mi gestivo da sola ora...

Scavalcai i cocci di ceramica, e raggiunsi la mia camera.

Il letto, il piumone spesso e morbido che sotto ci sprofondi. Un'ode al sonno.

E finalmente mi lasciai cadere in quella spuma, così com'ero... ancora vestita, ancora truccata, ancora libera.

2.

La mattina dopo una sbornia...

La luce è un fuoco, lo stomaco un pezzo di carne avariata che penzola giù da una forca. Qualcosa dentro il ventre si muoveva, scalciava, dava pugni...

Correre in bagno e vomitare ancora, pensare "vedrai che adesso muoio", sentire le forze che scivolano via. Decisi di non lottare più contro la debolezza e mi lasciai cadere a terra, inanimata. Buttata sul tappetino del bagno. Non so dire per quanto rimasi lì. So solo che quando alzai la testa lo specchio roteava, e tutto girava, girava, girava, e niente si fermava mai.

La mattina dopo una sbornia...

Ti senti stupida, ti senti vuota.

Ti auguri di perdere di nuovo conoscenza per smettere di stare così male, e in testa ti rimbomba un'unica parola: perché?

Per quale ragione la sera prima avevo bevuto così tanto da ridurmi in quello stato? Per quale ragione mi ero ridicolizzata davanti a tutti quanti, e ora non riuscivo a ricordarmi più nemmeno quello che mi poteva essere uscito dalla bocca? Che cosa avevo detto? Cosa, cosa?

Mal di testa, troppo mal di testa.

Meglio non pensare.

Meglio non cercare risposte che non volevo, che non avevo.

Mi trascinai fino al letto, mi buttai sul piumino, rimasi immobile a fissare il soffitto con gli occhi sbarrati per un tempo indefinito. Il tempo e lo spazio non esistevano, io non c'ero più.

Però c'era mia madre, adesso.

Comparve sulla soglia della porta all'improvviso. Immobile, una statua.

«Dobbiamo parlare.»

"Ecco, è la fine", pensai.

Dobbiamo parlare.

Le due parole che bastano per scatenarti dentro un terremoto, e allora tremi, perché sono le prime scosse, una catastrofe, l'annuncio di qualcosa che non è mai niente di buono, proprio mai.

Non mi diede il tempo di rispondere: era già seduta sul bordo del mio letto.

«Non si può più andare avanti così. Bisogna fare qualcosa», mi minacciò.

Cercai la voce, era sepolta non so dove, ma riuscii a trovarla. Un fiato. Lagnosa.

«Qualcosa cosa? Guarda che il cazziatone me l'hai già fatto ieri, grazie...»

Lei si concesse una pausa. Aspettai che esplodesse, come da copione. Invece non esplose. Mi depositò negli occhi uno sguardo afflitto, sconfitto, sconfortato.

«In altri tempi avrei urlato, lo sai, ma ora no, a che serve? Dov'è finita mia figlia? La cosa più importante per me, la bambina che ho cresciuto, la ragazza che rispetto e che ammiro... Chi sei, Claudia? Che cosa sei diventata? Che cosa ti succede?»

Quelle parole mi stanno ancora impresse dentro, una per una, ancora me le sento addosso come le avesse pronunciate ieri. E lei che guardava un punto fisso, e quei suoi occhi duri, di ghiaccio, gli occhi di un'altra, perché i suoi di ghiaccio non erano stati mai.

Ingoiò la saliva; trattenne il respiro; parlò senza guardarmi.

«Tu devi renderti conto di chi sei davvero. Si cresce, si cambia, nessuno pretende che si resti uguali. Ma questo è uno snodo: adesso devi scegliere ciò che diventerai.» Il suo sguardo ritornò nel mio. «Hai tutte le qualità per essere una ragazza stupenda, Claudia... se solo smettessi di star dietro a certi deficienti della tua classe con la testa piena di progetti futili e sbagliati. Voglio che tu scopra da sola cosa conta, per cosa vale la pena vivere. Ho preso una decisione.»

Rabbrividii.

«So già che segregarti in casa non servirebbe. Ho un'altra idea. Mi hanno parlato di un progetto che si chiama Civico Zero: accoglie i minori non accompagnati immigrati in Italia. Vorrei che ti proponessi come volontaria. E vorrei anche che non la vedessi come una punizione, ma come un'opportunità. Può essere un'esperienza significativa. Anzi, lo sarà», concluse.

Se ci ripenso, vorrei essere morta un istante prima di risponderle quello che risposi. Ero così arrabbiata, insofferente, stanca, tanto stanca. Ma che voleva da me!? Mi girava la testa, ancora i residui della sera prima che martellavano insistentemente. Occhi gonfi, sguardo spento. Non lo vedeva, quanto stavo male?! Volontariato... io lo odiavo. Se non lo scegli volontariamente, che razza di volontariato è?

E allora urlai.

«Ma che stai dicendo? Ma ti vedi? Mi fai pena, mi fai. Decidere chi sono io non sono cazzi tuoi né dei tuoi immigrati di merda. Lo so io, che tipo di persona sono, quella che vedi, sono, tutto qui. Chi te l'ha detto che sono meglio di quelli che chiami deficienti? Se sono deficienti loro, allora sappi che lo sono pure io.»

Non mi fermavo. Nemmeno per riprendere fiato.

«Io sono esattamente come loro. Uguale. Io con loro sto bene, è te che non sopporto più.»

Mi arrivarono cinque dita sulla guancia.

Il primo schiaffone della mia vita.

Era forte, umiliante, doloroso.

Bruciava, era fuoco sulla pelle.

Adesso la ringrazio. Adesso lo so quant'era meritato. Ma allora provavo solo rabbia, mentre quelle cinque dita mi venivano tatuate in faccia, solo voglia di vendetta, solo voglia di restituirglielo, solo voglia di umiliarla, come lei umiliava me. Non era contenta? Prima si lamentava che non uscivo mai, mentre mi guardavo allo specchio e mi trovavo brutta. Ora no, ora sono bella, sono forte, sono di quelle giuste. Me lo diceva lei, basta volerlo, per me sei bellissima, fatti nuovi amici. Facile, fatto, e ora mi picchi pure? La odiavo.

Lei si alzò brusca, muovendosi velocemente verso la porta, ma prima che scomparisse dalla mia vista urlai di nuovo: «Io tanto non ci vado, cazzo, a fare volontariato non ci vado!».

Lei si fermò sulla soglia, si voltò verso di me, piantò le sue pupille nelle mie.

«Forse non hai capito... io ti ci mando a calci in culo.»

Poi sparì.

Quelle parole... quell'intonazione nuova, sconosciuta... Niente le assomigliava, quel mattino. Lei era un'altra. Lei non mi aveva mai parlato così.

Qualcosa mi frugava nel cuore, nelle viscere, ma finsi di non accorgermene.

Ma come si permetteva, quella stronza, di obbligarmi a fare qualcosa che non volevo fare?

Eppure ragionavo: forse ho raggiunto il limite, davvero.

Forse c'è un momento in cui non si può più trattare.

Già, se avessi voluto continuare a vivere, forse sarei dovuta andare a fare la volontaria. Non mi parve di avere alcuna scelta.

Infastidita mi tirai le coperte fin sopra la testa sprofondando di nuovo nel soffice tepore del mio letto al mattino, e provando a scomparire.

I pensieri in subbuglio. Il sapore acido del vomito, delle lacrime. Strano. Erano lacrime amare ma anche dolci. Erano rabbia e consapevolezza in lotta tra di loro.

Mi scossi poco dopo. Io ero forte, non mi lasciavo abbattere dai discorsetti, figurati poi se fatti da mia madre.

Mi alzai dal letto e affrontai lo specchio, evitando di osservare i segni di un viso devastato, evitando di pensare che lo avevo sciupato con le mie stesse mani.

Presi in mano l'occorrente per il trucco.

Facciamo un incantesimo, voilà, fuori mi aspetta la solita lunghissima giornata.

Le occhiaie scomparvero, il viso spettrale riprese colorito, le ciocche crespe si trasformarono in morbide chiome ondulate, lunghe e scure. Ed eccomi, tra un battito di ciglia e un altro, pronta per la scuola. Mi lavai i denti ripensando al giorno precedente, e mi ritrovai a sorridere scorrendo le sequenze di un passato recente che invece sembrava già lontano. Ora ero pronta ad affrontare tutti gli sguardi golosi di storie estreme, servite su un piatto d'argento.

Perché il mio mondo è come un giornale quotidiano. Chi ha la storia migliore sta in prima pagina, ma solo per quel giorno, pronto a essere rimpiazzato ventiquattr'ore dopo. Quel giorno, per una volta, non sarei stata la giornalista, l'autrice del pezzo di giornata in prima, quella che tutti cercano per chiedere maggiori informazioni. Quel giorno, per tutti, sarei stata la notizia. Sarei stata la protagonista della storia, colei che sembra sapere di sé meno degli altri, quella che tutti sbirciano, di cui tutti sussurrano, ma alla quale nessuno chiede nulla. Quel giorno avrei pagato il prezzo di ciò che avevo rovesciato fuori dalla fogna. Solo merdate, pensavo. Ecco quello che esce dalla nostra bocca. Dovrebbero sigillarcela quando siamo in fasce. Dovrebbero farci diventare tutti muti.

Uscii dalla camera, sbattei la porta rumorosamente, mi ritrovai faccia a faccia con mia madre. Sguardi di silenzio. Richiamavano un tempo distante. Quando i nostri occhi comunicavano annegando nella complicità, nei pensieri dalla stessa forma. Ora, solo parole che si erano stancate di nascondere un vuoto senza fondo. La scansai, ansiosa di uscire da quella casa, di essere accolta dagli unici che mi davano conforto: i miei amici. Eccomi sulla soglia, ecco che ricomincio a respirare. Ed ecco che mi ferma un urlo, un boato, un tuono, non so che...

«Fermati!»

Mio padre.

Mi voltai.

«Dove pensi di andare, signorina?»

«Dove pensi che possa andare, alle otto del mattino?»

«E adesso ti permetti anche di fare del sarcasmo?» L'urlo era diventato un borbottio. «Dobbiamo fare un bel discorsetto, noi due. Dobbiamo parlare del tuo comportamento di ieri sera. Lo considero inaccettabile.»

«Problemi tuoi.»

«Non permetterti di rispondere così a tuo padre, dopo aver fatto piangere tua madre!»

«Problemi suoi.»

Mi fissò con uno sguardo muto. No, non sembrava arrabbiato. C'era dell'altro, in quello sguardo. Sembrava prendere atto della mia indifferenza e della sua impotenza. Sembrava cercare le parole per scuotermi, sapendo già che non le avrebbe mai trovate.

«Vai va', se no fai tardi. Ne parliamo quando torni, puoi contarci. Ma sappi che così non si va avanti!»

«Sì papà, certo.»

Ridicolo, pensai. Nemmeno se avessi ucciso qualcuno sarebbe riuscito ad arrabbiarsi davvero. Adesso era scoccata l'ora del padre, ogni tanto gli toccava. Ma era evidente che lui non ci credeva, e neanche io.

E finalmente fuori. A scuola, col solito passo veloce e sicuro, lo sguardo fisso avanti e un po' incazzato, la mia postura orgogliosa, vanitosa. È così che si fa se sei qualcuno, se sei sicuro di te, se sai di poter incenerire gli altri con il solo sguardo. E i ragazzini più piccoli si scansano con rispetto per farti strada, sembrano quasi inchinarsi al tuo passaggio, e tu fingi di ignorare i sussurri che ti si levano attorno, ci passi attraverso, anche se si stanno insinuando come piccoli ragni pungenti e velenosi nelle tue orecchie, anche se ti stanno trafiggendo il cuore.

Li scacci e basta.

Via.

Perché io, io, io... Io ero qualcuno, in quel mondo di bisbigli e occhiate, di sparlarsi alle spalle, di paure. Io ero rispettata da tutti.

Mi diressi con l'andatura ferma e flessuosa di una pantera verso il gruppo di persone che si era formato attorno a Giorgia.

Lei si voltò, mi vide, lo sguardo s'illuminò, avido, curioso.

«Eccola», mi additò. E il cerchio umano ruotò su sé stesso, per circondare me. Giorgia infastidita. Ma poi si confuse nel cerchio, rassegnata.

«Allora...? Sei morta? Ti ha ucciso tua madre?»

«Tutt'e due.»

«Cazzo! Racconta!»

«Punizione, manco a dirlo. Devo fare volontariato o

una cosa del genere. Cioè voglio dire, a cosa serve non si capisce proprio.»

«Volontariato? Amo', ma beata! Poteva andarti peggio», si intromise Francesca.

«Be', insomma, non so nemmeno che devo fare! Cioè devo tipo aiutare dei negri immigrati. A fare che, poi?»

«Magari a tornarsene da dove vengono, quei ladri!»

Giulio. Il migliore amico di Rodrigo. Non mi ero accorta che avesse assistito sin dall'inizio alla conversazione. Mi colorai di una tinta vergognosamente rossa.

«Già», sussurrai.

Vidi Giancarlo che scuoteva la testa e si allontanava. "Ma sì, vattene pure", pensai.

«Claudiè, m'hanno detto che hai sgravato ieri sera», riprese Giulio.

Gli altri in silenzio, a pendere dalle sue labbra, a guardarlo muti, ad ascoltarlo come l'oracolo di Delfi. Era noto: ciò che partiva da Giulio raggiungeva rapidamente e in automatico Rodrigo, unico e vero Dio della scuola, oggetto di venerazione da parte di quasi tutte le ragazze.

Panico.

«No, scialla, cioè, un po'», farfugliai.

«M'hanno detto anche 'n altro paio de cose, veramente.»

«Tipo?»

«Tipo le cose che hai urlato: t'hanno sentito un po' tutti. Però sai che c'è Claudiè? Che te ce vedo, con Ghigo. Dai ce penso io!»

Odiai più del solito quella sua arietta da piccolo boss. E adesso cosa diavolo avrei potuto rispondergli, maledizione!? In certi casi c'era solo una risposta possibile, plausibile, unica, insostituibile, universale.

Infatti: «Scialla!».

Dissi così.

«Tranquilla, ce pensa Giulio, mo' vado, ce vediamo dopo, ciao bella.»

Si allontanò. Mille occhi puntati addosso, roventi, invidiosi.

«Oh mio Dio!» sentii Giorgia squittire. «Ti rendi conto? Giulio ti vuole aiutare con Rodrigo!»

Mica ero sorda, avevo sentito. Ma a certa gente piace fare l'eco e rimbombarti in testa.

«Scialla», ribadii, con finta indifferenza. Ma non riuscii a trattenere un ghigno appagato e superiore.

Io ora ero più forte di loro. E che soddisfazione può darti, essere più forte degli altri, in un mondo in cui è questa l'unica cosa che conta davvero? Be', un'infinita soddisfazione.

3.

E infine passò quella difficile giornata. Tra i soliti cori fascisti e i soliti bisbigli malevoli e leggeri. E io seguivo i suoni come un cieco senza cane, portata dall'istinto, ma non vedevo con chiarezza dove mi avrebbero condotto. Era proprio Rodrigo il cane-guida dell'armata di tutti gli altri ciechi. Il primo a disegnare svastiche, il primo a picchiare i ragazzini più piccoli. Era così che riusciva a suscitare il timore, a spargere il terrore. Era così che si riusciva a conquistare il rispetto, tra di noi.

Ci dirigemmo all'uscita. Sciami di macchinette tutte uguali. Giancarlo arrivò un po' in ritardo.

«A' zecca», gli urlò contro Luca, un altro ragazzo del gruppo.

«È arrivata la zecca», fece eco qualcun altro.

Giancarlo era diverso da loro. Non era fascista, o meglio, non fingeva di esserlo. Era disinteressato. Così si definiva. Però aveva dei forti principi, diceva che la politica vera era quella secondo la quale aveva deciso di vivere. Così si opponeva alle svastiche, ai cori, ai commenti. E magicamente, senza il suo consenso, lo avevano fatto diventare comunista! Se ne lamentava sempre.

Che poi non ho mai capito, perché doveva fare il diverso a tutti i costi? Mi chiedevo: ma cosa gliene fregava a lui?

Cantasse pure qualche coro in più. Io lo facevo. Ma era così per divertimento, mica davvero.

Arrivò zompettando, un sorriso leggero gli incurvava appena le estremità delle labbra.

Lo osservai attentamente vicino alla massa di ragazzi palestrati e atteggiati. Lui invece aveva il fisico magro e leggero. Altissimo, ma con gli occhi dolci, da bambino. Se non fosse stato per la statura sarebbe sembrato più giovane. No, decisamente non era figo, neanche un po'...

«Bella», rispose noncurante a chi lo provocava.

Poi mi guardò, e per un attimo sorrisero anche gli occhi.

«Zecchetta, dove ti eri cacciato?» chiese uno.

Lui scrollò le spalle. Indifferente. O forse rassegnato.

«Stasera birrozzo, che ne dite?» buttò lì Luca.

Giancarlo annuì meccanicamente.

«Daje, se ubriacamo, famo un po' de casino.»

«Veniamo anche noi?» si inserì Giorgia con voce acuta.

«Serata di uomini chicca, 'namo a fà a botte, ti si rovina lo smalto», la prese in giro Luca.

Poi guardò me.

«Dopo tutti a casa di Claudia, okay?» Gli altri non dissero niente. Lo guardai, superiore.

«O se non ve pija, vado io, stiamo io e te», mi fece l'occhiolino.

«Sogna, Luchì, sogna», risposi. Scoppiò una risatina collettiva.

Giancarlo mi bruciò con un'occhiata. Poi mi lasciò incenerire mentre mi dava le spalle e saliva sulla macchinetta.

Mi accesi una sigaretta. Scialla.

Alcuni giorni dopo fu eseguita la sentenza: mia madre mi comunicò che avrei scontato la prima di una lunga serie di punizioni. Stavolta mi toccava andare a Civico. Guidava in silenzio, come se io non fossi lì, lo sguardo fisso sulla strada.

«Non capisco perché non ci posso andare da sola», borbottai.

«No, ma dimmi, secondo te, dopo quello che è successo e l'entusiasmo che hai dimostrato quando ti ho fatto questa proposta, tu ci saresti davvero andata?» chiese, sarcastica.

«Ecco vedi, non ci provi nemmeno a fidarti di me!» le lagnai addosso.

«E vorrei pure vedere! In ogni caso siamo arrivate: via quel telefono e non fare la maleducata.»

Scesi dall'automobile, il telefono stretto in mano come un'arma di difesa. Entrai. Mia madre mi seguiva come un segugio che non perde di vista la sua preda.

Fu allora che mi trovai catapultata in un altro mondo. Avevo cambiato paese così, di colpo, senza varcare nessuna frontiera, all'improvviso.

Quattro ragazzi fermi all'entrata. Non si scostarono al nostro ingresso. Rimasero immobili, in cerchio, a parlare a voce bassa tra loro, a complottare chissà cosa in una lingua sconosciuta. Erano alti, e neri, uguali a quei venditori ambulanti che cercavo di scansare ogni volta quando attraversavo la stazione. O forse, stai a vedere, erano proprio loro.

Istintivamente mi strinsi la borsa contro il petto. Mia madre e io sembravamo due agnelli sperduti in un territorio sconosciuto, mentre con lo sguardo cercavamo un punto di riferimento. Un signore sembrò cogliere il nostro disagio e ci venne incontro.

«Buonasera! Posso aiutarvi?» Parlava con un forte accento francese.

«Sì grazie, sono la signora Gagliani, sto cercando il direttore del centro, il signor… Ive.»

«Sono io Ive!» L'uomo ci rivolse un sorriso accogliente. «Ben arrivate.»

«Salve! La ringrazio. Lei è Claudia, mia figlia. Come le

avevo accennato al telefono, abbiamo sentito tanto parlare del lavoro straordinario che fate qui, così abbiamo visitato il vostro sito», mentì, «e Claudia voleva se possibile partecipare, dare una mano...»

Mia madre simulò entusiasmo. Io le lanciai sguardi di fuoco.

«Ciao Claudia, piacere», tentò lui, allungandomi la mano.

Gliela strinsi debolmente, ostentando indifferenza, irriducibilmente muta, un po' sprezzante.

Lui guardò mia madre, disorientato.

Lei mi spinse quasi tra le sue braccia, tossicchiando.

Organizzai un sorrisetto inequivocabilmente falso.

«Vi faccio dare un'occhiata in giro?» sorrise di nuovo Ive, tentando disperatamente di infrangere lo strato di ghiaccio nel quale eravamo tutti intrappolati.

«Mi farebbe molto piacere, ma purtroppo sono in ritardo per un importante appuntamento di lavoro», improvvisò mia madre, «ma lei mostri tutto a Claudia, la prego, e faccia come se avessi accettato anche io.»

Lei sorrise, lui annuì, io sbuffai.

Sentii la mano di mia madre su una spalla. Mi trascinò strattonandomi in un angolo appartato, mio malgrado.

«Senti, signorina, questa è un'esperienza che devi farti tornare utile. Non vuoi che la tua punizione si prolunghi all'infinito, vero? Allora sorridi e fai quello che ti dice: mi hai capito?» sussurrò tagliente.

La fissai ostile.

Decisi di non percepire il dolore che c'era sotto la sua rabbia.

«Ho chiesto se hai capito...»

A testa china, sottomessa come a un colonnello un appuntato, fui costretta ad annuire.

Orgoglio. Se ci ripenso credo fosse quello che mi paralizzava. Il maledetto, stupido orgoglio.

Avevo la cresta di un pavone e lo sguardo di un leone, ma in realtà ero un cucciolo, solo un povero cucciolo smarrito in una giungla.

Mia madre fece un cenno di saluto con la testa a Ive da lontano, balbettando un «arrivederci», e poi uscì di fretta.

«Claudia vieni, ti faccio visitare il centro.»

Ive mi invitò a seguirlo in un'altra sala, più piccola. Obbedii docile; che altro avrei potuto fare?

«Vedi, questi ragazzi sono tutti minorenni, hanno affrontato viaggi a volte difficilissimi per arrivare qui da noi, ma poi arrivano e, se non trovano accoglienza, facilmente possono perdersi. Noi cerchiamo di spiegargli che in Italia hanno dei diritti. Di indirizzarli verso la scuola, o verso un lavoro dove è possibile. Di insegnargli la nostra lingua.»

Poi si diresse al piccolo tavolo bianco appoggiato alla parete.

«Ecco, questo è il "Griot".» Mi indicò alcune pile di piccole brochure colorate con tante scritte in lingue diverse.

Lo guardai con diffidenza.

Bah, il «Griot»!

Come mi avesse letto nel pensiero: «Il "Griot" è il giornale di Civico. Qui alcuni dei ragazzi scrivono le loro storie nella lingua madre, e pensavo che… be'… ecco, magari potresti occupartene tu, dato che hai più o meno la loro età, probabilmente con te gli sarebbe più facile aprirsi. Ti piace scrivere?» chiese.

«No», mentii acida.

In realtà non mi dispiaceva affatto scrivere, ogni tanto sentivo il bisogno di farlo, di buttare giù tutto. Mi capitava di farlo ovunque: su fazzoletti, tovaglioli di carta, diari. Era il mio modo per sciogliere quel groviglio di pensieri che tendevo a soffocare. Ma pur di non essere coinvolta in niente avrei negato anche di chiamarmi Claudia.

Ive storse un po' il naso, perplesso, ma non si arrese.

«Be', non è un problema, ci sono altre cose che puoi fare! Per esempio... ti piace disegnare?»
«No.»
«Allora sai suonare qualche strumento?»
«No.»
«E cantare?»
«Ehm... nemmeno.»
Cominciò a scoraggiarsi.
Pensai che fosse decisamente antipatico. Immediatamente lo arruolai tra i miei nemici. Lui, in complotto con mia madre, era diventato uno degli ostacoli che intralciavano la qualità della mia vita. Lui era lì apposta per rovinarmi interi pomeriggi.
Lo osservai di soppiatto: non sembrava cattivo, anzi... ma quell'accento odioso... quella erre moscia dei francesi che avevo sempre considerato così snob.
Ecco, era pure un presuntuoso. Sì, vabbè, si dava da fare per quei ragazzi. Ma in ogni caso trovai imperdonabile che avesse il naso tondo e largo tipo clown, quegli occhi troppo grandi un po' scavati con tutte quelle rughe di contorno, e quei capelli bianchi che gli cadevano sulla fronte come spinaci. "Dovrebbe usare il pettine", pensai.
Si arrese.
«Va bene, allora me ne vado. Ti lascio sola e magari conoscerai i ragazzi per conto tuo. Forse così ti verrà qualche idea, dato che le mie non ti piacciono.»
Lo guardai male.
Senza cambiare espressione, andai a sedermi su una sedia di plastica davanti a un tavolino al centro della sala. Mi misi a osservare senza interesse quel che avevo attorno. Così, tanto per ingannare il tempo, niente più.
Gruppetti di ragazzi fluivano come api qua e là, a destra e a sinistra, avanti e indietro. Niente a che fare con quelli che frequentavo io. Ma proprio niente. I miei amici li avrebbero schifati, loro...

Mi chiesi perché fossero quasi tutti maschi. Erano neri o mulatti. Continuavo a sentirmi intimorita. Rumeni, africani immigrati... tutti pericolosi, tutti ladri, non era questo che dicevano i miei amici?

Mentre vagavo nella mia nube di pensieri, un ragazzo mi si avvicinò. Circospetto, quasi impaurito. Era robusto e basso, la pelle color carbone, gli occhi ancor più scuri, le labbra carnose. Un'enorme macchina fotografica gli pendeva dal collo. Colpì la mia attenzione. Anche io ne avevo una a casa, più piccola e compatta. Mi piaceva moltissimo fotografare.

«Ciao.» La voce acuta non corrispondeva al suo aspetto.

«Ciao», ricambiai tra i denti, scostante.

«Sei nuova qui?»

«Mi hai mai visto?»

«No» rispose serio, senza cogliere il mio sarcasmo.

«E allora? Secondo te?»

«Secondo me... secondo me tu nuova!» disse convinto.

«Ammazza quanto sei sveglio. Scommetto che ti chiamano lampadina!»

Lui continuò a guardarmi perso con quei due enormi cerchi di petrolio. Non percepiva affatto la mia ostilità. Ma in quel posto la tenacia non mancava... nemmeno lui si arrese.

«Posso fare foto a te?»

«E perché?» Sempre acida.

«Perché io faccio foto a tutto. Mi piace, è mia... come si dice... pa... passione?... Sì, sì, passione!» Sorrise.

«Be', leva la tua passione dalla mia faccia, perché io le foto non me le faccio fare da nessuno, chiaro?»

«Non ho capito, posso fare?» s'intestardì.

«No, ho detto no!» Adesso quasi urlavo.

«Ah va bene, va bene scusa», si rattristò, pentito.

«Non ti preoccupare, è solo che non mi piace farmi fare le foto», risposi quasi gentile, direi gentilissima, per i miei parametri.

Sorrise ancora. Un taglio di schiuma bianca in un mare burrascoso.

«Comunque… Mohamed, piacere.»

Mi tese la mano, gliela strinsi.

«Claudia.»

E finalmente se ne andò.

Rimasi sola.

Mi misi ad ascoltare i miei pensieri.

4.

Furiosa. Quando tornai a casa schiumavo di rabbia. Mia madre...! L'avrei ammazzata, mia madre. Come se tutto il resto non bastasse, mi aveva persino costretta a salire su un autobus, quella lì.

E ora inveivo furibonda tra me e me.

Prima mi molla in quel posto assurdo. Poi non mi viene neanche a prendere, e crede di cavarsela con due messaggini. Primo: *La riunione si è prolungata.* Non posso venire. Secondo, a seguire dopo qualche istante: *Prendi un autobus.*

Inizialmente avevo pensato fossero rivolti a qualcun altro. Dovetti rileggerli più volte, per accettare l'idea che fossero proprio per me. Non riuscivo a crederci. Non avrei saputo dire cosa mi sconvolgesse di più. Laconica. Quel tono formale, gelido, glaciale. E poi... un autobus?!

Era impazzita! In tutta la mia vita non avevo mai viaggiato una sola volta in autobus. E perché mai avrei dovuto? Io che viaggiavo a bordo della mia macchinetta Aixam metallizzata.

Ero precipitata nel panico. Un autobus, come si fa, come si prende, che cosa mi accadrà? Un autobus in partenza da quell'orribile quartiere, poi.

Mentre mi allontanavo da Civico sconvolta, mi si era accostato un ragazzetto. Esile, minuto, capelli e occhi scuri, naso affilato, pelle non proprio nera, ambrata, direi. Rumeno, forse afgano. Mi figurai che avesse più o meno diciassette anni. Nonostante la statura molto bassa, un leggero strato di barba appena accennata gli circondava gli angoli del viso. Si aggirava là attorno su una vecchia bici dalle ruote mezze sgonfie, la sella mezza distrutta, il manubrio mezzo arrugginito. Rallentò, adeguandosi al mio passo. Mi si affiancò lungo il marciapiede. Si fermò.

«Posso darti un passaggio a casa?» chiese, galante, quasi mi stesse spalancando la portiera di una Porsche.

Lo guardai per qualche istante, sorpresa e divertita.

«Abito lontano, una mezz'ora in macchina», mi ritrovai a dire senza alcun sarcasmo, sorprendendomi da sola.

«Non c'è problema», mi rispose serio.

Scoppiai a ridere.

«Ti ringrazio, ma per stavolta prenderò l'autobus.»

«Come vuoi, ciao.»

Si allontanò veloce, pedalando, come niente fosse.

"Ma guarda questo", pensai irritata.

Rimasi ferma sul marciapiede, ripensando a ciò che era appena successo. Un ragazzo che mi proponeva di portarmi dall'altra parte della città a bordo di una bici che probabilmente si sarebbe decomposta alla terza pedalata. Che stupido, gli sembravo un tipo da bici, io?

Comunque mi concessi un mezzo sorriso, l'unico della mia giornata. Ma poi lo ringoiai giù, come se fosse un pezzo di qualcosa di soppresso che per sbaglio risaliva. Ripresi a camminare su quel territorio sconosciuto e pieno di insidie, ai miei occhi.

Raggiunsi la fermata, cercando di decifrare certi cartelli incomprensibili, e attesi borbottando. Infine salii sul primo autobus della mia vita.

Non so ancora in che modo sia riuscita ad arrivare a casa. Scesi per errore due fermate prima, ne raggiunsi un'altra a piedi, salii sull'autobus successivo. Sempre più stanca, sempre più stremata, sempre più arrabbiata, finalmente, a sera inoltrata, eccomi alla meta.

Guardai il display del cellulare: quasi le nove.

Notai che l'auto di mia madre, una 500 inconfondibile per il grado di disordine dell'interno, se ne stava placidamente parcheggiata davanti al portone. "Meno male che la riunione doveva finire così tardi!" pensai, disprezzandola.

Sfilando le chiavi dalla tasca mi ritrovai tra le mani il cellulare. Quindici messaggi. Quindici amiche diverse. Tutte eccitatissime, tutte che s'incaricavano di mettermi a parte di una stessa, meravigliosa informazione: Rodrigo, nel bar dove di solito passavamo i pomeriggi, aveva ripetutamente chiesto di me.

Mi ritrovai a sorridere, senza le labbra, però, decisa a non esternare nemmeno una briciola di umore che non fosse nero per non dare soddisfazione a mia madre. No, sorrisi solo dentro. Uno di quei sorrisi che te li senti allargarsi nello stomaco e prendere forma piano piano, man mano che ti salgono dal cuore verso il viso... Stavolta lo fermai; lasciai che l'odio lo ricacciasse indietro molto prima che potesse illuminarmi.

Ogni singolo movimento verso casa mi faceva impennare dentro la rivolta. Una furia ribelle e scatenata che premeva per uscire.

Io avrei potuto essere in quel bar, ringhiavo tra me e me. Io, maledicevo tra i denti, avrei dovuto essere in quel bar. Rodrigo aveva chiesto di me, ma io non c'ero.

E invece avrei dovuto essere là, in mezzo agli altri, parte di loro. Come ogni giorno. Con i silenzi che riempiono i bicchieri, perché senza le parole ci si sente più forti. Telefono in mano e sigaretta in bocca. Ma con Rodrigo vicino, sarei stata l'ape regina.

Perché?

Perché avevo dovuto bruciare un intero pomeriggio soltanto per assecondare le assurde fissazioni di mia madre, per subire le sue insensate punizioni «educative»? E perché, quasi non bastasse tutto questo, mi aveva anche costretta a salire su un autobus visto che a lei non andava di muovere le chiappe per venirmi a prendere? Perché, perché, perché avevo una madre così?

Entrai in casa, sbattei rumorosamente la porta alle mie spalle, lanciai le chiavi sulla cassapanca, ostentando platealmente la mia rabbia.

Lei era seduta lì, all'ingresso. Mi aspettava.

La mia furia le esplose addosso come una scarica di tuoni.

«Hai finito tardi, vero?? A vederti qui non mi pare!» urlai.

«Per una volta nella vita sei salita su un autobus. Non mi sembra una tragedia.» Pacifica, tranquilla, distaccata.

La mia furia aumentò.

E insieme a essa il tono della voce.

«Ah no? E se mi avessero stuprata? Sarebbe stata una tragedia, quella, oppure no? Dimmi, avanti, dimmi! Ma tanto tu non ci hai pensato, ai rischi che correvo. No che non ci hai pensato! A te ti frega solo di te stessa!»

Questa volta rimasi spiazzata, non lo sentii arrivare, un altro cinque stampato sulla guancia. Il secondo della vita in pochi giorni. Forse più forte del primo. Meccanicamente, forse per un istinto di autodifesa, la voce discese precipitosamente di numerosi decibel.

«Ma che cazzo! Che ci ho scritto punching ball, in faccia?» bisbigliai lagnosa, massaggiandomi la pelle in fiamme.

Lei imperturbabile. «Questo serviva per farti capire che la musica è cambiata, se non l'hai capito ancora. Che non ti devi permettere di rivolgerti a me in questo modo mai più, Claudia. Non dimenticare mai che io sono tua madre. Non dimenticare mai che mi devi rispetto.»

La voce ferma e rigida. Il tono deciso e naturale. Dio come la odiavo.

«E casomai non avessi capito neanche questo, sappi che ti farà molto bene ritrovarti faccia a faccia con la vita vera. Non dovrai più occuparti solo di assecondare i tuoi vizietti e i tuoi capricci, circondata da certe amiche che sembrano uscite da un reality scadente, da certi amici convinti che basti schioccare le dita per ottenere tutto quello che vogliono.»

Poi, per un istante, la sua sicurezza sembrò vacillare. La sua voce un po' tremò.

«Ma non capisci, Claudia, che in realtà così ti stai perdendo tutto ciò che conta?»

Quasi sembrò che m'implorasse. Decisi di non accorgermene.

«Matta, tu sei completamente matta! Mi potevano aggredire, non ti rendi conto?!» Gridavo, esageravo, mi agitavo, senza più nessun controllo.

«Sì certo, hai rischiato grosso, e come no.» Sarcastica.

«Non sto scherzando, sarei potuta morire!» urlai più forte ancora.

«E l'altra sera? Non saresti potuta morire, l'altra sera? Ubriaca oltre ogni limite, alla guida, dopo avermi mentito su dov'eri e con chi, su cosa stavi facendo, e in quali condizioni ti trovavi. Non ci hai pensato, l'altra sera, che avresti potuto morire?» Adesso urlava forte, più forte di me.

«Mi hai fatto sprecare un pomeriggio», conclusi, disgustata. Per me questo chiudeva la conversazione. L'Occasione Perduta. In quel momento non contava altro, per me.

Lei scosse la testa, arresa. Ne prese atto: niente più da dire. Quali parole avrebbero potuto colmare il baratro che si era spalancato tra noi? Aveva ragione: io non mi sarei sottomessa, mai e poi mai. Io non sarei indietreggiata neanche morta. Io non avrei chiesto scusa a nessuno, non lo facevo mai. Meno che tutti a lei.

Mio padre fece capolino dal salotto. Si affacciò appena, con cautela, come un ghiro spaventato dall'idea della luce del sole dopo il letargo. Gli occhi socchiusi, finto stupore nello sguardo, come faticasse a riconoscermi. Per l'ennesima volta mi domandai perché con quello sguardo, così diverso da quello straziato o furibondo di mia madre, mio padre riuscisse a ferirmi molto di più.

Distacco. Lo riconobbi nei suoi occhi un'altra volta. Mio padre mi guardava come se non mi conoscesse, come se non mi avesse conosciuta mai. Non aveva torto: non era che un accessorio, nella mia vita. Sempre presente, ma utile solo a decorare.

E infatti.

Rimase lì affacciato senza avvicinarsi, in sicurezza, senza abbandonare il suo salotto. Immobile, inerte, incerto sul da farsi, a disagio, quasi spaventato.

Mia madre ora piangeva, ma lui non la soccorse.

Non disse nulla, non fece nulla. Mentre mi sorprendevo ad augurarmi che si scuotesse, persino che mi arrivasse uno schiaffo anche da lui, mio padre si ritirò nella sua chiocciola come un mollusco dopo una breve esplorazione all'aria aperta. Ansioso di eclissarsi da una faccenda che in fondo non lo riguardava.

Lui peggio di lei. Molto peggio. La mia rabbia divenne incontrollabile, diventò energia, mi costrinse a rigirare i tacchi verso la porta. Via da quella casa. Ovunque. Volevo essere ovunque tranne lì.

Sbattei la porta con tutta la violenza di cui ero capace.

Cominciai a correre giù per le scale.

Correre, correre, correre.

Correre lontano da quel luogo che non mi apparteneva e al quale non appartenevo più.

Ricordi si sbiadivano, offuscati. Uno specchio, le risate

dei bambini alle elementari. Mia madre bellissima, noncurante. Io che tentavo di riflettermi in lei troppo lontana.

Ecco dove volevo correre.

Correre lontano e non tornare.

Mi catapultai oltre la porta.

«Claudia dove vai? Fermati, Claudia. Ti ordino di fermarti! Fermati, per favore, fermati!!»

L'urlo di mia madre alle mie spalle si dissolse in un'eco sempre più distante.

E io non mi fermai.

Giù per le scale a perdifiato, a respirare la strada. E poi lontana, sempre più lontana. Senza itinerario. Senza meta. Senza niente. Rispondevo agli ordini del mio corpo e basta – avanti cammina, avanti corri – così, senza riflettere, senza pensare.

Quando mi fermai, il fiato corto, le gambe doloranti, mi accorsi che avevo girato a vuoto. Ero di nuovo nei dintorni di casa mia.

Sentii di essere osservata. Mi voltai. Una donna anziana. Capelli bianchi che mettevano in risalto la carnagione scura, solcata da rughe profonde. La testa coperta da un panno violaceo percorso da una trama di ricami scuri, addosso abiti informi, strati colorati sovrapposti a caso, senza ordine.

Se ne stava lì seduta su una scatola di cartone, scavalcata dai piedi della gente. Aveva davanti una piccola ciotola di metallo, sulla quale l'immagine di Maria stringeva tra le braccia il suo Gesù bambino.

Strano... Era come se mi riconoscessi in quella donna.

Sì, a parte le rughe, gli abiti sciatti, l'aspetto trasandato, a parte tutto questo noi due eravamo simili, pensai.

Entrambe sole, entrambe senza casa, entrambe senza meta.

Frugai in tasca. Cercai un po' di denaro. Notò il mio gesto, si illuminò in un sorriso. Ecco, una banconota da cinque euro. Ma il tempo necessario per trovarla era bastato per neutralizzare quel mio strano impulso. Ero tornata in me.

Le voltai le spalle. Raggiunsi un distributore e comprai un pacchetto di sigarette. Ne accesi una. Mentre camminavo lentamente soffiando il fumo verso l'alto e osservando il cielo, pensai che quei cinque euro erano stati più utili nel servire un'altra causa: ben più importante spenderli per far felice me, piuttosto che una zingara incontrata per caso.

Le stelle si intravedevano appena, sperdute tra le luci abbaglianti della città.

Ecco, io non assomigliavo a quella zingara. Io assomigliavo a loro.

A quelle stelle.

Confuse, smarrite, irrintracciabili in un cielo occupato da luci taroccate.

Come me.

5.

La mattina seguente la sveglia gracchiò con il solito ritardo, ma non le diedi retta. Ero tornata tardi, sgattaiolando nella mia camera senza farmi vedere. Ora aprivo e richiudevo gli occhi. La forza di gravità, per le mie palpebre, sembrava prevalere sulla mia volontà.

Quando li aprii per l'ennesima volta dirottandoli sull'ora, mi resi conto che le lezioni erano appena cominciate, e io giacevo ancora in pigiama nel mio letto come un vampiro nella sua tomba. I miei non avevano nemmeno provato a svegliarmi.

Finalmente mi alzai, mi pettinai, m'infilai al volo un paio di jeans e una maglietta scollata. Osservai allo specchio la mia pelle chiara, i capelli neri che contrastavano alla perfezione con l'incarnato candido, e incorniciavano due occhi castani leggermente ambrati.

Ero bella, e fin troppo consapevole di esserlo.

Lontani i giorni in cui odiavo guardarmi allo specchio, e non facevo che contarmi i brufoli cercando di farli sparire sotto strati di fondotinta. I miei capelli arruffati servivano solo a nascondermi il viso. Ora invece amavo guardarmi per ore. Mi lasciavo ipnotizzare da me stessa tra incredulità e orgoglio.

Uscii dalla mia stanza ancora semiaddormentata e urtai

contro una mensola. Una foto incorniciata rotolò per terra. L'avevo sistemata fra i miei libri.

Abbassai lo sguardo e la guardai.

Per un istante mi ritrovai bambina.

Sette anni, forse otto, io abbracciata a Carlotta, e ridevamo.

Carlotta...

Chissà che ne era stato di lei. Avevamo condiviso tutto. I giochi, il banco, le paure, le risate, poi...

Poi aveva cambiato scuola, da un giorno all'altro, e pian piano avevamo smesso di sentirci. Perché ci eravamo allontanate? Chissà se lei si sentiva diversa. Ed essere diversi non andava bene. Un tempo lo eravamo insieme, era l'unica che mi faceva stare bene con me stessa. Ma ora che ero bella, lei chissà dov'era, chissà com'era.

Ma ormai le linee erano tracciate, e io ero ben disegnata lontano da lei.

Non la vedevo più da tanto tempo, anche se forse proprio lei era stata la persona che avevo sentito più vicina in tutta la mia vita.

Non raccolsi la foto. La lasciai lì per terra deliberatamente, come se rifiutassi di raccogliere il passato.

Naturalmente arrivai a scuola in ritardo. Era appena terminata la prima ora.

Arrivata in cortile li guardai.

Chi ero io, in quella giungla?

Ero un topo tra le serpi, o una serpe tra i topi?

Una giungla di cellulari, a catturare istanti. Foto su Instagram, labbra ammiccanti, culo in fuori, pancia trattenuta. O berretti, mani tese, sigarette in bocca... Tutti duri. Gli interpreti del loro film.

E io chi ero?

Ero una preda o un predatore?

La risposta del giorno fu inequivocabile.

I miei compagni mi accerchiarono subito, festanti. Valeria, una delle pettegole della classe, mi mise la mano sotto il braccio.

«Amore, ci sei mancata da morire, ieri.» Quel suo trascinare smorfiosamente le vocali mi faceva salire il sangue al cervello.

«Poi non sai che è successo, cioè, amore, tipo Rodrigo è venuto a chiedere di te, cioè ti rendi conto?» chiese con aria complice.

Era troppo.

Le risposi come sognavo di fare da anni.

«Ccioè, tipo, davvero? Ccioè, wow, tipo, troppo.»

Lei ammutolì e mi fissò sconcertata. Io me la scrollai di dosso come si fa con la spallina impigliata di un abito, e mi diressi in fretta verso una massa di capelli biondo platino che vedevo stagliarsi tra decine di teste sudate.

Giorgia.

«Eccoti», dichiarò, come stesse aspettando proprio me.

«Eccomi», dichiarai io, perplessa.

Poi misi a fuoco la persona con la quale stava parlando.

Svettava. Così alto... Non intendo alto solo di statura. Alto anche nel senso che, a prescindere, sovrastava la massa attorno a lui. Postura eretta, disinvolta, capelli cortissimi di un castano intenso, occhi talmente blu che l'oceano stesso li avrebbe invidiati.

Rodrigo.

«Ciao Claudiè.»

Mi si avvicinò. Mi salutò con due baci. Intercettai di sguincio occhiate d'intesa tra Giulio e Giorgia.

Arrossii. Risposi con un timido «ciao».

Lui si appoggiò al muretto, subito in posa, John Travolta.

«Allora, che fate sabato sera?»

«Questa cogliona ha litigato con la madre, mica la farà uscire», ridacchiò Giorgia.

Ma come si permetteva, quella, di rispondere per me?

Di solito accadeva il contrario. Ma come le veniva in mente di atteggiarsi in quel modo assurdo? L'avrei rimessa rapidamente al posto suo.

«Tu sta' zitta, va', che non sai un cazzo!» la fulminai.

E poi menefreghista, un po' superba: «Comunque per quanto mi riguarda, boh, solite cose. Voi?».

Giorgia ammutolì.

«Solite cose pure noi», disse Giulio.

«Le famo insieme, 'ste solite cose?»

Rodrigo sorrise appena, sollevando un'estremità della bocca. Lo guardai incantata. Era di una tale bellezza che avrei potuto anche svenire lì.

«Si può fare», sorrisi, il cuore in trionfo. Figurati se non si poteva fare...

Giorgia non osava più aprir bocca.

Il suono di due campanelle ci intimò in successione di entrare in classe e di sedere ai banchi. Tutti si mossero contemporaneamente, accalcandosi sulla porta per passare come uno sciame di api troppo numeroso.

Rodrigo, invece, non si mosse.

Li osservò affrettarsi con distacco, come si può osservare il mondo sapendo di non farne parte, di appartenere a qualche altrove.

Era una statua greca.

Lo fissai, ipnotizzata e interrogativa, una domanda muta stampata sulla faccia: "Non entriamo in classe?".

Prima che la formulassi mi rispose: «Piscia?» guardandomi mentre sfilava dalla tasca un pacchetto di sigarette. Lo aprì, ne accese una come fosse solo, incurante del rischio di essere scoperto da qualche professore.

Giorgia aveva sentito la domanda di Rodrigo. Mi lanciò un'occhiata furente, stupita, dolorosa. Io neanche la vidi. Ero impermeabile, sorda, indifferente a qualunque cosa non riguardasse lui.

E allora mi sedetti lì accanto, assunsi anch'io la posa da muretto, accettai la sigaretta che mi offriva.

Saltammo l'ora. Rimanemmo seduti a chiacchierare, a fumare, a osservare i passi affannati delle frotte di altri alunni tra una lezione e l'altra.

Non so per quale ragione mi ritrovai a dirgli di Civico Zero. Gliene parlai come pensavo gli avrebbe fatto piacere sentirmene parlare.

«'Na palla assurda... e poi ti giuro non so a che cazzo serva, stare là tra tutti 'sti immigrati...»

«Aiutali a tornarsene al paese loro.» Provocatoriamente sollevò il mento perfetto e mi guardò. «I negri devono starsene coi negri, no?»

Un freddo dentro. Gelata da qualcosa che non riconoscevo. Colpita dal fatto di sentirmene colpita. Incredula di me. Sentii qualcosa di strano emergere di nuovo, un pensiero che si opponeva a loro, ai loro pensieri che fino a quell'istante consideravo miei. Fu solo un attimo. Ma no, che dicevo, io li detestavo, aveva ragione lui. O no?

Mi odiai mentre mi costringevo ad annuire appena. Giorgia e Giulio ci raggiunsero alla fine dell'ora e ci ascoltarono in silenzio. Il nostro pubblico. Deluderlo, mai.

Poi, leggera e freschissima, arrivò la sera. Finalmente sabato sera. Una di quelle sere in cui gli avvenimenti li respiri prima ancora che avvengano. Una di quelle in cui, anche se non sei in grado di ammetterlo, un piccolo brivido ti corre sulle braccia.

Felicità. Emozione. Eccitazione.

Giordano Bruno, dall'alto della sua statua, sembrò disapprovarmi mentre mi affacciavo trionfante nella piazza affollata. Mi sentivo scrutata dai passanti, mi sembrava di sentirli bisbigliare, forse per via di quei miei pantaloncini poco più lunghi di un paio di mutande.

Pazienza.

Procedevo verso la meta, incurante dei passanti, dei commenti, dello sguardo severo di Giordano Bruno che tanto aveva fatto una brutta fine, era morto al rogo, che mi scrutava a fare, che voleva?

Giancarlo era seduto nel primo bar che oltrepassai. Serata a Campo de' Fiori, che altro si può fare se non ci sono feste? Buttare via il tempo a fissare un bicchiere dopo l'altro svuotarsi, seduti nel solito bar della solita piazza, come facevano tutti. Mi vide e scattò in piedi tentando di fermarmi.

«Ciao Clà.» Occhi da cucciolo. «Ti va di bere una cosa?»

Giancarlo...

Adesso anche lui!

Ma che voleva!? In quel momento era solo un ostacolo tra me e il mio obiettivo.

«No, ho da fare.» Neanche grazie. Distratta, indifferente, lo superai.

Mi avvicinai a Giorgia.

«Ciao amore», gracchiò falsa, sbaciucchiandomi.

«Ciao Giò. Gli altri?»

«Non lo so, non li ho ancora visti.» Aggiunse, complice: «Comunque Giulio mi ha detto che Rodrigo è interessato a te».

«Da quando in qua tu parli con Giulio?»

«Non so, ora, ogni tanto, mi rivolge la parola!» Sorriso stupido: «Comunque io lo trovo molto più bello di Rodrigo, onestamente».

«Be', ora abbiamo tutte e due un obiettivo. Tu Giulio e io Rodrigo. Perfetto. Quindi cerchiamoli!»

Annuì. Ci dirigemmo verso il centro della piazza.

«Eccoli...» Giorgia indicò Rodrigo.

Lo fissai, abbagliata. Le spalle larghe, il petto ampio fatto apposta per stringersi contro qualcuna come me. La mascella larga, possente, prepotente. Il suo modo di muovere le mani, sicuro, deciso, mentre parlava di chissà che cosa con chissà chi. Era troppo, troppo per guardarlo. Distolsi lo sguardo come si fa dal sole, per paura di accecarmi.

«Non ti muovere, devono venire loro da noi, tu fai finta di parlarmi.»

«Guarda che *stiamo* parlando! Comunque non vedo Giulio...»

E a un tratto in lei ogni cosa si fermò. Si fermarono le sue parole, che le rimasero incastrate in gola; si fermarono le sue palpebre, che smisero di battere; si fermarono le sue mani, paralizzate a mezz'aria, tra un movimento e l'altro; si fermò il suo sguardo, su un punto imprecisato.

Forse le si fermò anche il cuore.

L'unica cosa che non poté fermare fu una lacrima che lentamente le scivolò sul viso.

«Giorgia? Giorgia cos'hai?» le chiesi in preda al panico.
«Giorgia rispondi!» balbettai seguendo il suo sguardo, cercando il punto sul quale i suoi occhi si erano inchiodati, per capire.

E poi li vidi.

Inquadrai la scena.

Giulio. Seduto su una panchina. Con una ragazza in braccio. Avvinghiata, attorcigliata, spalmata addosso a lui. Si baciavano con foga lì davanti a tutti, incuranti degli altri, senza mostrare alcun pudore.

"Vabbé", pensai, "e che sarà mai." Sinceramente non mi sembrava questa gran tragedia.

«Giò mi dispiace, ma dai, che ti frega, vedrai che ora ne troviamo un altro da puntare», cercai di consolarla.

«Ma non capisci!» quasi gridò, la voce strozzata, i singhiozzi trattenuti a stento in gola. «Prima di venire qui... io... io... io... Ho cenato da lui. A casa sua. Abita qui sopra. Era stato così carino, e dolce... Aveva cucinato per me, e io ero già innamorata persa. Abbiamo mangiato, parlato, guardato la TV... e... poi... poi...»

Ora il racconto si andava spezzettando tra i singhiozzi.

«Quando si è avvicinato... come potevo... come facevo a dirgli di no...? Claudia... l'ho fatto. Capisci, Claudia...? È stata la mia prima volta... Tu lo sai... Oddio quanto sono stupida, stupida, stupida!»

Piangeva senza più pudore.

L'afferrai per un braccio, la trascinai lontano da quello spettacolo sulla panchina. L'abbracciai. In realtà forzavo un po' me stessa. Come poteva essere stata così stupida, pensavo? Ma ora aveva bisogno di me.

Cercai le parole giuste, le parole che dovevo dire.

«È solo un coglione, non merita niente di tutto questo, non merita le tue lacrime.»

Ma intanto pensavo che Giorgia era stata davvero una cretina. La solita storia. Il solito epilogo, nel nostro giro e altrove. Con uno come Giulio, poi, il finale era scontato. Ora era inutile piangere, dicevo tra me e me. Bisognava pensarci prima. Bisognava aver più cura di sé stesse. Bisognava non concedersi a un idiota come un pezzo di carne appeso in bella mostra in una macelleria.

Aspettai che si calmasse. Ma ero in ansia, in attesa di Rodrigo, e così la riportai con me al centro della piazza. Persino in un momento come quello Rodrigo rimaneva il mio primo pensiero.

Lo vidi avanzare. Attorno a lui un gruppetto di ragazzi che non conoscevo, ma che più o meno avevo già sentito nominare.

«Ce l'avete fatta», esclamò come mi stesse aspettando da secoli.

Sembrò ignorare lo sguardo sconvolto di Giorgia che fissava il vuoto lottando contro le lacrime.

«Be', siete arrivate giusto in tempo, venite.»

Lo seguimmo in un vicolo dietro alla piazza. Buio. Solo la luce fioca di un lampione mezzo rotto che oscillava sopra le nostre teste.

Un amico di Rodrigo tirò fuori una cartina e una bustina.

La mostrò: polvere verde.

Non mi ci volle molto per capire.

La preparazione richiese qualche minuto.

I volti intorno a me apparivano e scomparivano, intermittenti tra luce e oscurità, scandite dalla lampada che penzolava con la regolarità di un orologio: *tic-tac.* Quel ticchettio immaginario, sinistro, sembrava incalzarci uno per uno: avanti, decidete il da farsi, il tempo scade.

Alcuni incerti, altri sicuri e affamati.

Altri, quelli che mi facevano rabbrividire, sembravano indecifrabili, lo sguardo vuoto, in apparenza del tutto privo di emozioni. Nessuna eccitazione, nessuna preoccupazione, nessuna indecisione.

Giorgia era così.

Il silenzio era irreale.

Un accendino, e una fiammata accese il tubo bianco. Ora gli incerti erano certi, gli affamati erano sazi. Giorgia, presente e assente, non mosse un solo muscolo.

Tutti si passavano la canna di mano in mano, aspiravano con decisione, rilasciavano il fumo lentamente, osservando il cielo. Gli aloni di fumo erano nuvole che andavano a disperdersi nel buio.

Ecco, toccava a Rodrigo.

Poi, subito dopo, a me.

Sentii il mio stomaco contrarsi, non gli diedi retta.

Ci sono momenti in cui non pensi, non scegli, non decidi, non ci sei.

Momenti in cui sembra che le azioni agiscano da sole.

Momenti in cui sei e fai quel che ti capita di essere o di fare. Prendi quel che ti capita di prendere.

E in quel momento mi capitò di prendere una canna…

Feci quel che facevo con le sigarette.

Aspirai.

Tossii un paio di volte, il fumo mi bruciava in gola, non mi piacque. Avrei voluto smettere. Invece, quando fu di nuovo il mio turno, aspirai ancora.

Volevo non capissero che quella, per me, era la prima volta. Volevo dimostrare agli altri che ero abituata, che lo sapevo fare.

Così il mio secondo tiro fu lungo, più lungo del primo. Sentì il fumo cadere fin dentro allo stomaco. Mi arrivò una voce strana, già ovattata.

«Te la voi finì in un tiro?»

La passai.

Mi accorsi che Giorgia non mi guardava più, non guardava più nessuno, non era più lì. Finsi di non accorgermene.

«Fatti un tiro», le risi addosso, «magari te passa.»

Voltò il capo, mi guardò a lungo, poi, senza una parola, si alzò e se ne andò. Rodrigo fece una smorfia.

«Ma che c'ha? Er ciclo?» Tutti a ridere, quasi fosse stato davvero spiritoso.

Capii che era l'effetto della canna.

Mi sentivo strana e leggera.

Risi anch'io.

Risposi: «Boh».

Ora Rodrigo mi fissava. Lo sguardo immobile. Insistente. Non sapevo se sentirmi inquieta o lusingata. Gli altri parlavano, noi due non ascoltavamo. Noi due eravamo solo sguardi.

Poi fu evidente la voglia di trovarci soli.

Mi prese per mano: «'Namo, va'».

Il nostro allontanarci fu accompagnato da un trionfale «oooh». Sembrava fossero chiare a tutti le sue intenzioni.

Lasciammo gli altri, le loro voci, il vicolo.

Mi condusse nei pressi di un muretto che recintava un giardino abbandonato.

Capii che conosceva già quel posto, e molto bene. Scavalcò in un balzo, e si sedette con le spalle contro il muro. Lo imitai, mi ritrovai vicina a lui.

Fissammo le stelle. Erano solo qualche punto di luce sparso sopra un telo nero.

«Bella serata, eh?»

«Solita, no?» provocai, cercando di nascondere la mia emozione.

«No, stavolta ci sei tu.»

Banale.

Ma era proprio quello che volevo sentirmi dire.

Si avvicinò quasi al rallentatore. Un attimo e ci stavamo già baciando. Dapprima lentamente, poi con più foga. Sempre più foga. Labbra sempre più insistenti, mani sempre più voraci.

Lo stomaco mi rotolava dentro in convulsioni di felicità.

Il cuore pompava veloce.

Felice, mi abbandonavo a lui.

A un tratto, bruscamente, si fermò.

"Continua, continua, perché ti fermi", pensai.

Delusa, in attesa, gli occhi chiusi. Assaporavo ancora quel bacio cercando di ignorare che era finto, raccontando a me stessa che era vero.

Lui, dalla tasca, sfilò un'altra bustina.

Non capivo.

Per anni avevo sognato, sperato, atteso di baciarlo.

E ora lui voleva solo farsi un'altra canna?

No, non era erba.

Era polvere.

Era bianca.

Lui la sistemò con una carta di credito e aspirò.

Io, invece, aprii la bocca.

Sentivo salire un urlo. Scappare. Ma non feci niente.

Quando lui si voltò rimasi muta.

Mi costrinsi a richiudere la bocca.

«Vuoi?»

6.

Innamorata. Perdutamente innamorata.

Il cuore a palla. Un palpito leggero a scuotermi il petto. Le mani tremanti, lo stomaco che sussulta.

Ero un merluzzo morto di fame che si imbatte in una briciola di pane in mezzo al mare. Si sente fortunato, quel merluzzo. Mica si chiede se in mezzo a quello strato soffice nel quale ora sprofonda i denti potrebbe essere nascosto qualche amo, e perché mai dovrebbe, che ne sa.

Notte completamente insonne.

Troppo eccitata per Rodrigo. Troppo stordita per ciò che era accaduto.

Cose strane, cose inattese, cose nuove.

Tutta la notte con gli occhi spalancati sul buio, a rivivere ogni singola emozione, ogni singolo istante, a ripensare.

Leggevo e rileggevo quel messaggio sul display: *Non vedo l'ora di rivederti domani.*

Rodrigo non vedeva l'ora che c'incontrassimo. Come me.

Fremevo nell'ansia di guardarlo, di toccarlo, di annusarlo, di osservare quei suoi lineamenti perfetti che non mi avrebbero stancata mai.

Sprofondata nei miei pensieri, immersa nella beatitudine. Quando nella mia stanza irruppero contemporaneamente il giorno e mia madre. Credevo fosse ancora notte, e invece al suo ingresso un fascio di luce mi abbagliò.

«È mezzogiorno. Noi usciamo, andiamo a pranzo.»

Ascoltai il suo passo leggero che andava allontanandosi nel corridoio, poi l'eco del portone chiuso rimbombare nella casa vuota.

Sola!

Finalmente sola!

Prima di riflettere, mi vidi scrivere subito a Rodrigo: *I miei fuori a pranzo. Vieni??* :)

A stento il tempo di una doccia, e poi lo squillo del citofono.

Rodrigo era già qui.

«Aho, me apri?»

Attesi che salisse con il cuore in gola.

Avevo seguito il mio impulso, un'altra volta.

Avevo fatto bene?

Massì, chissenefrega. I miei non sarebbero tornati a casa prima di un paio d'ore.

Certo che avevo fatto bene. Ma non per questo avrei fatto la fine di Giorgia. Io non ero Giorgia. Ero diversa, io.

La porta già aperta, sulla soglia, sorrisi. «Benvenuto.»

Tremavo. Ma non volevo che lui se ne accorgesse. Lo introdussi in salone, disinvolta. Lo feci accomodare su un divano.

«Vuoi mangiare?» lanciai lì, tanto per allentare un po' la mia tensione.

Mi guardò sornione.

«Voglio te, dai, siediti qui.»

Batté il palmo della mano sul posto a sedere accanto al suo.

Mi avvicinai con passo lento, circospetto. Un gatto. Mi sedetti accanto a lui. Ero tesa come la corda di un violino, pronta a spezzarmi. Mi preparavo ad alzarmi di scatto, a scappar via.

E invece lui, stavolta, non fece niente di sbagliato.

Fece esattamente ciò che io avevo sognato.

Mi prese il viso tra le mani e lentamente mi baciò. Era tenero, adesso, delicato, così diverso dalla sera prima.

Fui travolta da un fiume di emozioni, mi sciolsi tra le sue braccia, mi lasciai trascinare. Era dolcissimo. Io stavo galleggiando in paradiso.

Forse mi ero sbagliata su Rodrigo. Forse potevo fidarmi di lui… Forse…

«Sai, ci ho pensato, Claudiè», interruppe i miei pensieri. «Io e te mica staremmo male insieme.»

«E chi lo sa…» Una tempesta, turbini lampi tuoni dentro. Ironica e distaccata fuori.

«Si può sempre cercare di scoprirlo», insistette.

«A suo tempo», provocai.

«A suo tempo», ripeté con un sorriso malizioso.

Non riuscivo a crederci, forse era un sogno. Lui che voleva stare con me. Rodrigo. Proprio lui.

Rimanemmo a lungo così, abbracciati, senza dire niente. Non avevamo niente da dirci, in realtà. Ma a legarci, in quel momento, non servivano parole.

Eravamo Claudia e Rodrigo. Rodrigo e Claudia. Tutto qui.

«Domani pisciamo scuola, che ne dici?» lanciò lì più tardi, avviandosi all'uscita. Lo guardai incerta. Non che fosse un problema di coscienza, per me, saltare le lezioni, figuriamoci, non lo era mai stato. Ma adesso quei carcerieri della scuola avevano preso a chiamare mia madre ogni volta che ero assente, per controllare se ne fosse informata. Ci mancava solo una sega a scuola, in quell'inferno. Ma come facevo a dirgli no? Avrei mai potuto deluderlo? Avrei mai potuto rinunciare?

Rapidamente scelsi.

«Si può fare», risposi, decisa a fregarmene di tutto, a sfidare mia madre, la sorte, l'inferno, tutto quanto, ma sì…

«Daje», approvò. «Anzi, sai che c'è? Stasera volevamo

andare a berci du' cose, tanto domani non andiamo a lezione, vieni?»

Magari. Ma quella sera non avrei mai avuto il permesso di uscire di nuovo; e poi non potevo mica assecondarlo sempre. Strategie.

«No, non me pija stasera, sono stanca», mi costrinsi a dire.

«Come te pare...»

«Non ti sarai offeso?»

«Ma de che...» grugnì. «Solo che me fa piacere se venivi.»

«Mi faceva piacere...» lo corressi io.

«Sì, me faceva e me fa... tutt'e due!»

Scoppiai a ridere e lo baciai di nuovo. Poi lo spinsi fuori. Ero eccitata, scombussolata, frastornata. Felice, felicissima. E però...

Non è che i sogni perdono un po' di magia, quando si avverano? Scansai quello sgradevole sospetto. Avevo vinto e basta. Applausi a me.

Quella sera non parlai molto con i miei. Non è che ci parlassi molto in generale, quasi mai. Ma quella sera ero più muta del solito, per una specie di senso di colpa preventivo.

Cercai di tacitarlo. Saltai la cena per evitare rischi. Mi infilai diretta a letto.

Non avevo mentito a Rodrigo, quando gli avevo detto che ero stanca. Lo ero. Forse le emozioni, forse gli effetti di quel che era accaduto la sera precedente.

Mia madre passò davanti alla camera, aprì e si fermò a controllarmi dalla soglia, come quando ero bambina. Finsi di essere profondamente addormentata. A occhi chiusi mi figurai il suo sguardo, e mi sembrò quasi di vederlo. Mi stava fissando, lo sentivo. Quegli occhi pieni di speranza. Colmi di delusione. Quegli occhi agganciati ai miei, nel buio.

Non so per quanto rimase lì, immobile. Forse pochi minuti, forse ore. So solo che lei guardava me, e io dentro di me guardavo lei. Avrei voluto dirle tante cose, avrei voluto sentire il tepore del suo abbraccio, ma quella distanza di pochi passi in quel momento sembrava incolmabile. Scivolai nel sonno senza sapere se fosse andata via.

Fu il leggero vibrare del telefono a svegliarmi, la mattina dopo. Quel brivido meccanico attutito dal silenziatore. Di norma, la sveglia sarebbe andata avanti a lungo senza riuscire a compiere la sua funzione. Ora bastò quel rumore quasi impercettibile a farmi spalancare gli occhi di colpo, senza indugi. L'ansia per la mattinata che mi attendeva. L'emozione.

Francesca lampeggiava sul display. Mi avvertiva che sarebbe passata a prendermi per raggiungere gli altri nel bar dove ogni giorno andavamo a fare colazione. Tra dieci minuti.

Scattai in piedi, mi vestii di fretta, davanti allo specchio provai velocemente magliette, felpe, sciarpe, jeans... uno via l'altro, per terra un mucchio di indumenti sparpagliati, prima di scegliere provai tre mise diverse, ma poi mi decisi per i soliti leggings. E maglietta scollata, quel tanto che bastava. Ora sì, ero proprio bella. Finalmente lo pensavano tutti. Poi mi truccai con cura, leggermente, e uscii. Non avvertii nessuno. Da tempo avevo perso l'abitudine di salutare.

Più tardi ero seduta al tavolo del solito bar, a bere il solito caffè, ad addentare il solito cornetto caldo. Circondata da tutti e da nessuno. Francesca, con il suo nasino all'insù e le gambette invisibili, che sorseggiava solo caffè al ginseng per paura di ingrassare. Marco, che non riusciva a trattenere quel tic nervoso della gamba, lasciandola saltellare ininterrottamente, come sempre. Giorgia, con i suoi occhi privi di espressione, forzata e innaturale in ogni gesto, sempre più.

E poi Giulio. Giulio che evitava di guardare le persone in faccia, e specialmente Giorgia. C'erano tutti i comprimari. Mancava però il protagonista di questo scenario di contorno, quello che avrebbe dovuto occupare la sedia vuota di fronte a me. Quello che aveva avuto l'idea di non andare a scuola, e aveva organizzato quell'appuntamento. Quello che non aveva avuto la buona educazione di presentarsi, e nemmeno quella di avvertire. Quello che stavo aspettando con il cuore in gola. Rodrigo. Proprio lui.

«Vabbè regà», disse Giulio, «qua Ghigo 'n se fa vivo. Gli ho scritto che lo aspettiamo all'uscita de scuola di Pito. 'Namo, su, qua se fa notte se no.»

Eccolo lì, arrogante, il tono di comando che assumeva quando Rodrigo non era nei paraggi a fare il capo, lasciando il testimone a lui. E noi come pecore, a seguirlo.

Così arrivammo a piazza di Spagna.

Fissai lo sciame di ragazzi spargersi attorno all'uscita della scuola. Tentai di cogliere le somiglianze e differenze dalla nostra, di uscita. Ma anche qua c'erano quelli più timidi e insicuri, magari grassi o bassi, magari con gli occhiali o i brufoli sul viso, che sfrecciano rapidi cercando di passare inosservati. Quelli «popolari», belli, alti, magri, che ridono di niente e inutilmente, e che si atteggiano come se un tappeto rosso fosse stato srotolato davanti ai loro passi. E poi quegli altri strani e stravaganti, quei ragazzi che vestono sempre di nero, che si definiscono dark, o emo o non so cosa.

Una giungla, e mille esemplari diversi ad aggirarsi in mille vite, in mille direzioni. Erano come noi, alla fine tutte le scuole si somigliano, la nostra era tale e quale con volti diversi. E poi c'erano sempre quegli individui ai cancelli che si appostavano in attesa di qualcuno a osservare la massa.

Eccoci.

Noi che ci sentivamo superiori a tutti.

Noi che eravamo i migliori, i primi, i più forti, i più ammirati.

In cima alla classifica. Solo noi.

Attorno a me si incrociavano sguardi ammiccanti di ragazze verso Giulio, sguardi di sfida verso di me. Ero una che stava addirittura con Rodrigo. Che altro traguardo può voler raggiungere una ragazza, alla mia età?

Rimanemmo lì a far niente, chiacchiere, saluti, parole in libertà, seguendo il codice che conoscevamo.

«Regà, guardate quella», disse Marco a un tratto.

Additò una ragazza decisamente brutta. Talmente brutta, in mezzo alle altre truccate acchittate fighette patinate, da attirare l'attenzione.

«Oddio», disse Francesca. «A' roito», urlò.

«Che schifo, regà.»

«Sei proprio un cesso.» Giulio glielo disse in faccia. Ad alta voce. Sempre un tono più alto del normale. Per farsi sentire.

Molti si voltarono a guardarla. Lo feci anch'io, curiosa.

La riconobbi subito. Mi tremarono le gambe. Fu uno shock.

Era Carlotta.

La mia amica d'infanzia, la preferita al tempo delle elementari e delle medie. Quella che definivo «l'amica», l'unica vera amica che avessi mai avuto.

Sentii una stretta al cuore. Mi autorassicurai immediatamente. Vabbè, è Carlotta, e allora? Ricordi lontani, passati, consumati, esauriti, tutto qui. Un tempo ero io, era a me che urlavano contro, insieme a lei. Ma ora dovevo solo essere felice di non essere più quella. E lei non era più parte di me, no? Le amicizie si costruiscono nel tempo, e il tempo ci aveva divise, che vuoi fare. O forse il tempo aveva diviso me da me stessa e basta, mi aveva frantumata in tanti pezzi che adesso non si potevano incollare.

La osservai. Rimasi allibita dal suo aspetto. Non era cresciuta in statura, ma in larghezza. E il naso: rosso, sgraziato, sgradevole, imponente, i brufoli si vedevano a distanza, gli occhiali nascondevano due occhietti da topo.

Fu per non deludere gli altri, per essere della partita, per non sentirmi diversa, diversa e basta, senza neppure chiedermi se diversa volesse dire migliore o peggiore... Fu per questo, per tutto questo che, prima di riflettere, mi sentii gridare.

«Dio che mostro!»

Allora lei mi guardò. Mi fissò per attimi infiniti, interminabili. I nostri sguardi si saldarono in un ponte, e sotto stavamo entrambe rovistando tra le macerie di ciò che una volta connetteva i nostri mondi. Vidi i suoi occhi bagnarsi sotto quegli enormi occhiali, e il luccichio si sciolse in un rigagnolo che le scese lungo il volto. Rimasi lì, a fissare quella lacrima che cadeva come un nubifragio in mezzo a noi. In mezzo a due persone che una volta erano state una sola.

E intanto gli altri a ridere sguaiatamente.

E poi lei via di corsa, a scappare, a sparire, col volto tra le mani.

Finsi con me stessa di non essere sconvolta.

Cercai di assolvermi: e che ho fatto di male? Avrebbe potuto avere più cura di sé stessa. In fondo difendere quel mostro, adesso, era una causa persa in partenza. Allora, per me, non esistevano cause per cui valesse la pena di lottare.

Mi distrasse il telefono. Vibrava in tasca. Rodrigo, sperai. Macché. *Mamma,* mi deluse quello stupido display. Fui costretta a rispondere.

«Claudia?» Terrorizzata.

«Ciao.»
«Claudia dove sei?»
«Con degli amici.»
«Con degli amici...» ansimò. «Con degli amici!»
«'Nsomma sì, con degli amici... ce senti?» la derisi.
«Non ci posso credere! Claudia... Claudia... vuoi farmi morire? Mi ha chiamata la scuola per dirmi che non c'eri. Non potevo credere che non ci fossi andata sebbene sapessi che mi avrebbero telefonato. Ho temuto che ti fosse successo qualcosa, un incidente con la macchinetta, un guaio, chissà che. Ho temuto il peggio.»
Fece una pausa. Udii perfettamente il suo respiro. Mi figurai il suo volto. Il cuore mi diede uno strattone.
«Del resto, cosa può esserci di peggio di così? Di peggio di una figlia come te?»
Urlava, ormai. Senza ritegno.
Non risposi.
Non avevo niente da dire.
«Ne parliamo a casa», gridò, «ma ritieniti in punizione per il resto della tua vita! Non ti è piaciuto Civico? Be', sarà la tua seconda casa! Dimentica la macchinetta, le uscite, gli amici, dimentica tutto!»
«Magari potessi dimenticarmi anche di te.»
La sentii scoppiare in un singhiozzo. Feci spallucce. Mi dissi che di scene isteriche ne avevo abbastanza. E poi gli altri mi stavano osservando. Riattaccai.
Si avvicinò Francesca.
«Tutto bene?»
«Scialla, era solo quella sclerata di mia madre.»
Ma sì, chissenefrega, pensai, e passai le ore successive a osservare le classi che uscivano una dopo l'altra, a conversare del più e del meno, a farci assurdi selfie con il telefono per metterli su Instagram. Tanto per ricordare al mondo che noi eravamo lì, insieme con gli altri.
Stavamo quasi per andarcene quando vidi lui. Apparve

all'orizzonte bello come un dio. Niente contava più. Gli andai incontro con il cuore in gola, cercando di non correre.

«Ciao amò.» Mi baciò.

«Che fine hai fatto?»

Capelli arruffati, occhi gonfi, arrossati, vuoti, strani. Sembrava accaldato, stremato, agitato.

Aveva indosso una maglietta rossa, che illuminava l'incarnato già abbronzato. Notai che aveva una ferita sulla fronte, un piccolo taglio a forma di L, ancora insanguinato. "Rieccolo", pensai. "Avrà fatto a botte." Doveva passare proprio così tutte le sere?

«Un traffico bestiale. E poi mi sono svegliato tardi. Ma ho preso la macchina di mamma quindi ho fatto in tempo. A che cazzo serve pisciare scuola, se non ti fai una bella dormita?» rise lui.

Decisi di passargliela.

«Beato te che nessuno ti caccia di casa.»

Sorrise, mi abbracciò. Insieme ci dirigemmo verso gli altri. Sorrisi anch'io, ricambiai l'abbraccio, mi strinsi forte a lui. Dovevo godermi ogni istante. Sapevo bene che quelli sarebbero stati i miei ultimi momenti di libertà.

7.

E poi arrivò il momento che avrei voluto non arrivasse mai. Scattò l'ora fatale. Bisognava ritornare a casa. Non avevo scampo.

Salutai gli altri affranta, a malincuore.

Persa nei miei pensieri raggiunsi quell'odiosissimo portone, e prima di varcarlo lo fissai come si fissa un nemico: ostile, guardinga, diffidente.

Ecco, arrivava l'ansia. La saliva mi si ingorgava in gola, senza che riuscissi a deglutire. Coraggio, su per le scale ad affrontare il mio destino.

Entrai con inutile cautela, quasi non sapessi già che il legno di quel vecchio pavimento avrebbe spietatamente scricchiolato sotto ogni mio passo, denunciandomi. Un altro nemico. Corsi in camera, scappando anche da lui.

Col cuore a mille mi misi ad aspettare il peggio, non senza attaccarmi a qualche brandello di speranza. Magari sarei riuscita a passare inosservata. E in ogni caso, se il peggio si fosse presentato, lo avrei affrontato nel mio territorio. Questo, cercai di tranquillizzarmi, avrebbe potuto forse indebolire il nemico. Chi lo sa.

Aspettai seduta sul letto per un tempo che mi parve infinito. Niente. Cominciai a insospettirmi: qualcosa non tornava.

Come mai mia madre ancora non si era materializzata

sulla soglia a presentarmi il conto? Forse la sua ira era talmente incontrollabile che prima di rovesciarmela addosso aveva preferito lasciarla ruggire e sbollire dentro di sé.

Non so quale strano istinto mi spinse a uscire dalla stanza. Il terrore del disastro mi rendeva impaziente di affrontarlo. La paura mi raschiava dentro insopportabilmente, rendendomi desiderosa di guardarla dritta negli occhi e smascherarla; come in un film del terrore dove il protagonista spalanca la porta dello sgabuzzino dal quale provengono strani rumori, e tu pensi sia matto e si cerchi la morte da solo, e invece no, lui lo fa solo perché l'attesa del dolore è peggio del dolore stesso.

Così uscii tremante, e mi diressi verso la camera di mia madre. Bussai. Silenzio. Allora spalancai la porta: nessuno.

Tirai un sospiro di sollievo: non era ancora ritornata. Mi attendevano dunque altre ore ad aspettare, a trepidare, a sobbalzare a ogni minimo rumore.

Cercai di rassicurarmi: cosa poteva mai accadermi, in fondo? Già. Forse niente. Ma avrei preferito saperlo subito, e poi dormire in pace.

Così decisi di chiamarla. Sollevai la cornetta ascoltando il mio respiro che accelerava il ritmo a ogni squillo. Non rispose. Troppo arrabbiata, pensai, troppo per parlarne al telefono.

Tornai in camera. Un'ora, due… niente. L'attesa non finiva mai.

Notte fonda.

Mi ero quasi assopita quando il tonfo potente della porta rimbombò per casa. Rimasi immobile, come se l'assenza di movimento potesse nascondermi. Zitta, nemmeno una parola, nemmeno un respiro. Ma da lì a poco mi assalì un altro tipo di paura.

Chi si era introdotto in casa?

I miei genitori mi avrebbero chiamata, avrebbero gridato «Claudia», avrebbero controllato subito se fossi in casa oppure no. Ma ora nessuno gridava il mio nome. Nessuno veniva a controllare.

Non erano loro.

E allora chi? Uno sconosciuto, un ladro, un assassino.

Chi?

Il terrore scuoteva le mie mani, e poi si andava a sciogliere nelle mie vene. Le gambe tremavano, non mi reggevano. Eppure riuscii a raggiungere il salone. Convulsamente mi chiedevo cosa avrei fatto se mi avessero aggredita.

E poi vidi lui.

Non lo riconobbi subito.

Era uno sconosciuto, il volto sfigurato dalle lacrime, raggrinzito, vecchio, contratto in una smorfia di dolore. Le mani aperte e tese nel tentativo di aggrapparsi a qualcosa di invisibile. Ma non c'era nulla, nulla che potesse sorreggerlo, non c'era nulla da nessuna parte, attorno a lui.

Mio padre.

Il terrore che non mi era ancora scivolato via mi riassalì... l'incredulità nel vedere senza vita l'uomo che la vita l'aveva data a me... la pena, la pena infinita e profonda e insopportabile che provai vedendolo così.

Mi lanciai contro di lui, lo scossi, urlai: «Papà! Papà ti prego rispondimi: che hai? Che è successo?».

Un silenzio, il più lungo di tutta la mia vita.

«Papà parla, ti prego.» La voce mi si spezzò in gola, mi si frantumò.

Aprì la bocca, sembrò voler rispondere, ma dalle labbra usciva solo aria.

«Parla!» A pieni polmoni.

Mi guardò ma sembrò non mi vedesse. Lo sguardo perso, spento, altrove.

Poi finalmente si scosse.

Avrei voluto non lo avesse fatto mai.

Avrei voluto non pronunciasse mai quelle parole che mi affondarono nel cuore nel cervello nelle viscere come la lama di un coltello affilatissimo.

«Mamma... tua madre... c'è stato... un incidente... l'hanno portata in ospedale, hanno provato provato... non c'è stato niente da fare i polmoni... mamma, mamma non c'è più. È... è... morta.»

Morta.

E tutto scomparve. E la luce diventò buio. E il respiro s'interruppe, e tutti i sensi rallentarono, tutti. Riuscivo a sentire i battiti del mio cuore, appena appena, come si fosse distaccato da me, un rombo lontano, un'eco distante, qualcosa che non mi apparteneva più.

Lo fissai.

Provai a non credergli.

La mia mente respinse ciò che aveva detto. Tutto mi sembrò folle, assurdo, niente poteva essere vero.

Ma il volto di mio padre, lo sguardo che non credevo avrebbe mai potuto avere, che prima non gli avevo mai visto, fu questo a riportarmi alla realtà.

La stanza prese a girarmi attorno, i mobili, i quadri, il divano, nulla si fermava più.

Ma quando tutto smise di girare, quando passò lo stordimento, quando il cervello riprese a funzionare... Fu peggio, molto peggio. Addosso mi saltò il dolore. Spietato, lancinante, feroce.

Ecco, qualcuno doveva avermi cavato lo stomaco, i polmoni, li avevano asportati dal mio corpo, perché il respiro non saliva.

Solo vuoto.

Ero invasa dal vuoto.

E poi, insieme a una cascata di dolore e di singhiozzi che mi scuotevano come un fuscello sotto una tempesta, un gemito soffocato, incomprensibile, uscì dalle mie labbra.

«Perché?»

Non esisteva nessun'altra parola.

Perché.

Che domanda stupida, pensai.

Come, quando, perché mia madre era morta... cosa importava? Comunque non c'era un senso logico. Non poteva essere accaduto.

Infatti mio padre non rispose.

Sembrava aver perso le parole. Gli occhi sbarrati. Lo sguardo che pareva guardasse solo dentro, e fuori no.

«In macchina.»

Due parole, dopo un tempo incalcolabile. Come se parlare gli costasse troppa fatica.

Poi altre, balbettando, ansimando, tossendo, come non bastasse il fiato.

«Non so dove stesse andando... Un deficiente... un assassino... una jeep grigia... sanno solo questo... sembra l'abbia presa in pieno... anche lei correva... non si è neppure fermato per soccorrerla.»

All'improvviso sembrò interrogarsi, cercare risposte dentro di sé.

«No... non è possibile... si sono sbagliati... Lei non correva mai... era sempre prudente... E poi, dove stava andando?»

E allora un pensiero mi precipitò addosso, mi travolse, un'onda, uno tsunami.

Colpa mia.

Lei mi stava cercando. Lei era arrabbiata con me. Lei era preoccupata per me.

E ancora onde.

No, non sarebbe successo se fossi andata a scuola.

Non sarebbe successo se non l'avessi fatta spaventare.

Non sarebbe successo se non le avessi sbattuto giù il telefono.

Non sarebbe successo se se se...

Se io non fossi stata il suo pensiero fisso, la sua ossessione, la sua delusione.

Non sarebbe successo.

E allora vidi i suoi occhi. Perdevano luce, si spegnevano, mentre la mia immagine sbiadiva a poco a poco in un buio nel quale stava sprofondando, dal quale non sarebbe uscita più, mai più.

Fissai mio padre mentre annegava nell'apnea. Tentai di uscire dalla mia. "Respira", mi ripetevo, "respira... puoi farcela... sai farlo..." Troppo difficile. L'aria restava fuori. L'aria si teneva lontana da me.

Scappai via, come se allontanandomi da mio padre potessi allontanarmi dalla verità.

Via, nella mia tana, dentro il mio letto, sotto le coperte.

Via.

Chiusi le tende. Spensi la luce. Affondai nel materasso.

E là sotto, dove nessuno mi avrebbe ritrovata più, i miei occhi finalmente sciolsero le lacrime, tutte le lacrime del mondo, tutte le lacrime che da due occhi potevano sgorgare.

Singhiozzi. Violenti. Urlati. Inesauribili.

Fu allora che, nel buio, salutai per sempre una parte di me stessa.

Poi, tra un singhiozzo e l'altro, mi scivolò un sussurro dalle labbra.

Due parole inzuppate di pianto.

«Ciao mamma.»

8.

Assente. Vuota. Sola. Sepolta sotto le mie coperte. Il mondo ormai era lì. Non avrei saputo dire da quanti giorni vivevo così. Erano passate tre settimane, diceva il calendario, ma per me era un tempo astratto, un unico interminabile istante di dolore.

Mi rifiutavo di andare a scuola, di aprire le finestre, di mangiare. Mi rifiutavo di uscire dal mio letto, come se fuori da lì ci fosse il nulla. Avevo la gola secca, soffrivo la sete, ma non potevo alzarmi. La forza se n'era andata via. Respiravo il mio stesso ossigeno condensato in una nuvola pesante. Mi sembrò di impazzire, prigioniera dei miei stessi pensieri.

Il telefono spento, a tener fuori le parole insignificanti, di circostanza, quelle di Giulia, di Rodrigo, di Giancarlo, degli zii.

Poi, qualche volta, mi pareva di sentirla entrare in casa, appoggiare le chiavi sul tavolino all'ingresso, camminare verso la mia stanza, il ticchettio lieve dei tacchi, il passo ondulato sempre più vicino. Sì, era lei.

Mi figuravo scene inesistenti, me le scorrevo in testa da capo, infinite e infinite volte, raccontandomi che non era mai accaduto niente, che era stato un incubo e basta. A volte immaginavo di essere andata a scuola, il giorno dell'incidente. La nostra litigata al telefono non era mai avvenuta, e quando lei arrivava a casa io l'abbracciavo, e ridevamo, e mi sembrava quasi di sentire davvero il suo profumo di lavanda e vaniglia. Allora fantasticavo... le coperte diventavano il suo maglione morbido che mi accoglieva e mi avvolgeva come un baco da seta.

Altre volte invece non ci ero andata, a scuola, proprio com'era avvenuto davvero quel dannato giorno lì. Ed erano le migliori, perché il copione, stavolta, era più vero. Cambiavo solo il finale. La sentivo tornare, entrare nella mia camera e sbattersi la porta alle spalle. Sentivo la sua voce aumentare di volume, e poi rimproverarmi, sempre più forte, sempre più vicina. E mentre lei gridava io la fermavo, l'abbracciavo, le dicevo «ti voglio bene», e lei mi stringeva, ed era felice, e sorrideva.

Ti voglio bene.

Sarebbe stato facile.

Eppure non ero riuscita mai a dirlo.

Eppure troppe volte mi ero trattenuta in gola tra le lacrime quelle tre semplicissime parole.

Mio padre ora sembrava sparito da giorni.

Dopo la morte di mia madre era sempre lì, seduto ai piedi del mio letto, a guardarmi in silenzio, in una muta richiesta che non riusciva a formulare. Anche durante il funerale, quando mi aveva costretta ad alzarmi, mi guardava e guardava e aspettava da me le parole che non sapeva dire. Ma io ero altrove. La chiesa stipata di gente sconosciuta, gli sguardi di compassione mi sembravano un'eco lontana.

Poi aveva deciso di lasciarmi in pace. Mi chiesi se si fosse accorto che non mangiavo da ventiquattr'ore.

All'improvviso entrò. Il passo lento, stanco.

Aprì le tende e la luce mi aggredì facendomi bruciare gli occhi. Tirai le coperte fin sopra alla testa e mi imboscai nel buio nuovamente.

Lui si sedette di nuovo sul bordo del mio letto. Occupò

un angolino, quasi avesse paura di irritarmi nell'avvicinarsi troppo a me. Avrei voluto dirgli che a irritarmi era il contrario, il fatto che non avesse mai fatto niente di diverso, osservarmi dal bordo di qualcosa, da un angolino, senza avvicinarsi.

«Come stai?»

«Come pensi che stia?» Un filo di voce.

«Vado a prenderti qualcosa da bere e da mangiare, sono giorni che non ti alzi.» Scomparve di nuovo.

"Ma buongiorno", pensai, "ti sei accorto di me, ti sei accorto che non sei l'unico a soffrire?"

Tornò con dell'acqua e un panino. Bevvi avidamente, ma di mangiare non se ne parlava.

«Senti stavo pensando... che magari... be'... sarebbe ora che tornassi a scuola, così ti distrai, anche», provò lui.

«La scuola non è una "distrazione"», dissi sprezzante. E poi come osava pensare che potessi "distrarmi"?

«Claudia lo so che è difficile, lo è anche per me, quello che è successo è atroce, ma ce la possiamo fare, capito? Ora siamo io e te, e ce la possiamo fare.»

«Da quando esiste un "io e te"?» risposi rabbiosa.

«Da un mese. E da ora in poi.»

Mi sembrò di non avere più niente da dirgli per il resto della vita.

«Perché non provi ad andare un po' in chiesa? Magari pregare ti fa bene. Potresti parlare con don Mario, il sacerdote che ha celebrato il funerale. Mi ha chiesto lui di dirti che ne sarebbe felice...»

«Io non ci vado, in chiesa», lo interruppi bruscamente. «Non credo in Dio. Non ci credevo prima, e tantomeno ora. Ora sono sicura che non esista né Dio né nessun altro! Perché se esistesse avrebbe preso lei? Perché non me?»

Mio padre mi guardò come un topo guarda un gatto. Poi abbassò la testa.

«Domani andrò a scuola, se ti fa stare più tranquillo», sbottai, più che altro perché volevo che sparisse e mi lasciasse in pace.

Si arrese e lentamente, con le spalle curve, uscì dalla mia camera. Finalmente ero di nuovo sola al mondo.

Non so come riuscii ad alzarmi, la mattina dopo. Faticavo persino a masticare i biscotti della colazione. Mi avviai a scuola.

Mi addentrai in quella giungla come un felino selvatico stremato da chissà quanti anni in cattività. Non avevo più voglia di ruggire. Volevo solo rifugiarmi dietro un banco senza essere notata da nessuno. Ma ovviamente mai come quel giorno mi ritrovai al centro dell'attenzione.

Tutti addosso a me.

Ecco Giorgia: «Claudia!».

E tutti gli altri: «Claudia amore mio, ho saputo», «Mi dispiace un sacco, Claudia», «Amore, qualsiasi cosa ci sono».

Voci indistinte, non le riconobbi nemmeno. Erano solo suoni, parole vuote. Le scacciai come si fa con i piccioni in mezzo alla strada. Cercai Rodrigo con lo sguardo ma evidentemente ancora una volta non era venuto a scuola.

Allora scappai via.

Mi chiusi in bagno, e presi a respirare lentamente.

Possibile che mi suonasse tutto così falso? Così assurdo?

Ma no. Doveva essere lo shock, una cosa momentanea. Sarebbe scomparsa. Io ero una di loro. E loro erano parte di me.

La voce di mia madre. La sentii risuonare, precisa, dentro me: un mondo falso, un mondo superficiale, un mondo senz'anima. *Non diventare così, Claudia. Tu sei diversa.*

Ma era vero?

Mi osservai allo specchio e non mi riconobbi.

"Chi sono diventata?"

No, non volevo più sentirmi una di loro.

Ma allora sarei stata ancor più sola.

I miei «amici». Vedevo scorrermi davanti agli occhi quei volti uno per uno. Quelli dei pomeriggi a prendere il caffè con una sigaretta in mano e del sabato sera a ubriacarsi o a strafarsi di canne.

E adesso con me non c'era nessuno.

Nessuno che fosse in grado di sorreggermi.

Nessuno che fosse in grado di camminare accanto a me.

Nessuno che volessi.

L'unica che mi aveva amata ora non c'era più.

Lei che voleva sempre e solo aiutarmi.

"No, non può essere così", pensai.

E allora presi più aria che potevo, come se dovessi immergermi sott'acqua, e uscii dal bagno. Non vedevo, non sentivo più, non distinguevo. Forse è questo che fa la rabbia. Quella ruggine soffocata nello stomaco. Esplodeva.

«Clà!» Era Giorgia. Fuori dalla porta, come un paparazzo.

«Che c'è?» Furente. Senza motivo.

«Dopo scuola andiamo da Ciampini, vieni?»

«Non mi va.»

«Dai… almeno ti distrai.»

Distrarmi? pensai. Perché tutti pensavano bastasse così poco per distrarmi?

«Non mi va.»

«Ci sarà anche Giulio… e Rodrigo.»

La fissai. Qualche impercettibile secondo di silenzio.

«Okay, vengo.»

Le prese di posizione non sono mai invalicabili. Sono muri a cui basta una parola, spesso, per crollare. Nel mio caso la parola «Rodrigo» era dinamite. Faceva crollare le mie fortezze.

La giornata lunga, interminabile. L'insegnante di storia continuava a farmi domande, insistente, voleva che partecipassi. Ma io con le cuffiette ero sorda agli altri, ero in un mondo parallelo, in cui anche la sua voce stridula aveva un suono ovattato e distante.

Io volevo solo vedere Rodrigo. Come fosse l'unica medicina. Come fosse l'unica cura. L'unica guarigione possibile.

Ci misi più tempo degli altri per arrivare in centro. Procedevo pianissimo, mi fermavo ogni volta che il semaforo diventava giallo. Non l'avevo mai fatto.

E poi arrivai lungo il vicolo che si apriva sulla grande piazza. Ammassati attorno a piccoli tavolini tondi sotto enormi ombrelloni, c'erano loro. Sguardi assenti, sigarette in mano, le posture apparentemente sciolte ma impostate. Intenti a fissare ognuno il proprio telefono, stretto in mano come fosse una saponetta che potrebbe scivolarti via. Magari si stavano scrivendo a vicenda, pur essendo tutti lì. Una scena così familiare... tutto sembrava tornato alla normalità. Anche se io ero morta dentro. Per istinto, o per omologazione, tirai fuori il mio, scorrendo sullo schermo e digitando il codice. Nessun messaggio. I gesti di sempre mi rassicuravano, mi facevano sentire ancora parte di loro.

Rodrigo mi vide per primo. Si illuminò, si alzò di scatto. Abbandonò la sigaretta sul tavolo, fuori dal posacenere. La tovaglia beige rapidamente si macchiò di un grigio invasivo.

«Amò, finalmente», mi abbracciò, possente.

Mi lasciai andare. Per qualche secondo.

«Abbella», esclamò poi Giulio, seguito da tutti gli altri in coro. Mi sedetti.

Cominciarono a parlare del più e del meno, interrogazioni, scuola. Io mi disperdevo, assente.

«Aho, famo qualcosa stasera», mi disse non so chi. Uno seduto al tavolo. Non mi girai nemmeno a guardare. Forse Giulio, Rodrigo, chissà.

Io non ero lì.
Ero estranea da loro, da me stessa.
Mia madre.
«'Namo a berse 'na birra.»
Mio padre.
Rabbia, dolore.
Cosa mi poteva importare di quello che avremmo fatto quella sera? Immagini indistinte si focalizzavano e sfocavano nella mia testa. Il sorriso di mia madre, avvolgente, luminoso. Mamma, un sussurro nei pensieri. La faccia di mio padre. Assente. Distratta. Rodrigo, io ubriaca, Giorgia e Giulio. Giancarlo, i suoi occhi dolci, sempre, quando mi guardavano. E poi tornavo a lei: un forte botto, le urla di una donna, le immagini dell'incidente come me l'ero figurato mi deflagravano nella testa.
«Il mio portafoglio!» L'urlo era vero. Ci girammo tutti.
«Al ladro, al ladro!» Una signora anziana dai capelli biondi cotonati e la voce da Nonna Papera.
«Qualcuno mi ha rubato il portafoglio!» continuava a smaniare. Il cameriere si affrettò a tentare di calmarla. Non c'era verso.
Fu così che accadde. Si alzarono compatti, come uno squadrone della morte, tutti quelli seduti al mio tavolo. Un signore anziano chiedeva l'elemosina lì accanto. I vestiti usurati, una lunga barba bianca. Gli occhi buoni, un po' acquosi.
«È stato 'sto vecchiaccio», gridò Giulio. «'Sta merda di mendicante.»
«Ubriacone», Rodrigo gli assestò uno spintone.
«Caccia il portafoglio, bastardo», Luca lo insultò.
Si misero in cerchio, cominciarono a spingerlo da una parte all'altra, passandoselo come una palla. Lui con le mani sulla testa. Mugolava, cercava di proteggersi. Gli occhi pieni di terrore.

«Non ho fatto niente.» Tremava. Dalle corde vocali fino alle ginocchia.

«Bugiardo!» urlavano più forte. Sempre più forte.

Io... nello stomaco... una voce. Saliva verso le labbra ma era esile, impotente. "Smettetela", voleva dire. Ma rimase laggiù, muta, nauseata.

Cominciai a tremare come il mendicante. Paralizzata.

«Ragazzi, basta ora», si inserì il cameriere preoccupato. Ma non intervenne, sembrava tutto sommato d'accordo con loro.

L'uomo anziano era in lacrime, arreso, le braccia abbandonate, le labbra tremanti. Continuava a rimbalzare avanti e indietro, dall'uno all'altro. I passanti, ciechi e sordi affrettavano il passo.

E d'un tratto dalla tasca di Giulio scivolò qualcosa. Cadde in terra.

«Il mio portafoglio!» strillò la signora.

Immobili. Giulio, Rodrigo e gli altri. Il cameriere e la signora. Io. Tutti pietrificati. Si scambiarono uno sguardo collettivo. Bastò un attimo, un'occhiata. Sogghignarono e poi... via. Di corsa via, oltre le loro coscienze, oltre le circostanze. Via, via, via. Come sempre. Come ogni volta, in una situazione complicata. Scappavano via.

Del resto non scappavo sempre anche io? L'unica persona che cercava di impedirmelo ora dov'era?

Via, via anche lei.

Mi avvicinai al signore anziano, che nel frattempo si era accucciato per terra, la testa fra le mani.

«Sta bene?»

Non mi rispose, azzardò un sorriso. Si alzò. I suoi occhi erano pieni di dolore. Pieni di disprezzo. Mi arrivò addosso come un fendente, mi ferì.

Lo fissai mentre spariva alla fine della strada.

Scivolai sulla sedia del bar. Come se ogni forza mi avesse abbandonata. Chi erano, quelli? Fu come li avessi visti per la prima volta. Mi ripassai in testa ogni singola parola di mia madre su di loro, su di me…

E chi ero io? Ero anch'io come loro, mi chiesi, con orrore.

Sentii con precisione uno sguardo alle mie spalle, mi voltai.

Giancarlo. Ma guarda un po'. L'avevo rimosso dalla mia vita. Come tutto il resto.

E tuttavia fu come se avesse parlato per conto di mia madre. Mi guardava con tristezza, con affetto.

«E tu… da dove spunti? Dov'eri?»

Ebbi un attimo di sconforto, un brivido leggero e veloce. Ero a disagio. L'ultima volta che ci eravamo visti l'avevo trattato malissimo, lo riconoscevo. Avrei dovuto chiedergli scusa. Ogni volta lo trattavo malissimo, come una cosa scontata, inutile. Ma ora lui era lì, davanti a me.

«Stavo andando a casa, quando ho visto questo casino e mi sono avvicinato. Ho visto tutto, vi guardavo. Guardavo soprattutto te», aggiunse.

Lo guardai come se lo vedessi per la prima volta. Sarebbe piaciuto a mamma. Aveva uno sguardo liquido, dolce, se solo fossi riuscita a provare qualcosa di diverso da una certa insofferenza.

«Tu credi che io sia simile a loro?» chiesi, preoccupata.

«No, tu sei diversa, se non fosse così non starei qui a parlare con te. Ma devi dimostrarlo anche a te stessa.»

«Non è così!» risposi spaventata dalla distanza che sentivo spalancarsi. Un altro vuoto: no! Non potevo…

Eppure sentendolo parlare, guardandolo muoversi… le mani… gli occhi… ebbi quasi un déjà-vu. Mi sembrava di ascoltare ancora lei. Forse era la mamma che lo aveva mandato lì.

Forse tutto sommato, prima di andare via, qualcosa mi aveva lasciato.

Grazie a lei non avevo ancora toccato il fondo.

Lasciai Giancarlo in piedi in mezzo alla piazza, da solo. Corsi in macchina sperando di lasciare tutto alle mie spalle, quella scena orribile e i miei pensieri.

Guidare mi calmava sempre. Mi sentivo cullata dal traffico. Vagai senza una direzione precisa. Volevo semplicemente andare il più lontano possibile da lì. Così seguii il corso del traffico.

E poi me lo vidi davanti: il portone grigio con i grandi vetri pieni di scritte. Inchiodai, stupita da me stessa. Ero a Civico. Ero arrivata senza rendermene conto, guidata solo dall'istinto. O forse era stato il mio subconscio che voleva portarmi lontano e sapeva che non c'era posto o realtà più lontana dalla mia di quella...

9.

Mi ero catapultata in macchina, di corsa, per fuggire il più lontano possibile.

E mi erano bastati venticinque minuti per trovarmi in un mondo diverso. Ripresi a respirare. Civico era lì, come una tela colorata. Entrai un po' intimorita, ma per fortuna mi trovai subito di fronte Ive. Mi rivolse uno sguardo tra lo stupore e la perplessità.

«Claudia!» salutò con quel suo buffo accento francese. Arrossii. In fondo ero stupita come lui di ritrovarmi lì. Il suo sguardo cercò una presenza alle mie spalle, e poi tornò, interrogativo, su di me.

Ero a disagio. Che diavolo ci stavo facendo lì? Cosa mi era passato per la testa, accidenti a me?

Poi accennai un sorriso. Spettava a me parlare.

«Ciao Ive!» lo salutai, sforzandomi di sembrare normale.

«Come posso aiutarti?»

«Ehm... niente... insomma... passavo di qui e mi chiedevo... sono ancora valide le tue proposte?»

Lui alzò un sopracciglio e arricciò un poco il naso. Dalla sua espressione trapelavano tutti i dubbi che lo attraversavano, sebbene cercasse di nascondermeli per prendere tempo. Di certo si chiedeva quale motivo mi avesse riportato lì dopo il mio evidente disinteresse della volta precedente. In fondo per lui, come per tutto il resto dell'umanità, il mondo non si era fermato, com'era accaduto a me.

Quando capì che facevo sul serio, un largo sorriso gli illuminò il volto.

«Ma certo!» disse convinto. «Sappi, Claudia, che sei sempre la benvenuta!»

Sorrisi anche io.

«Scusa, cara, i miei dubbi», riprese, «ma dopo averti conosciuta avevo parlato con tua madre e le avevo detto che era inutile forzarti. Insomma, essere qui ha senso solo se tu lo vuoi.»

«Non sono qui per volontà di mia madre. È una cosa che voglio fare io.»

«Allora fai tu. Scegli pure cosa vuoi fare. Ti lascio carta bianca.»

Sembrava contento. Avrei dovuto scegliere. Rimasi un po' spiazzata. Sarei stata capace? Tuttavia avevo bisogno di tuffarmi in un progetto, subito, anche se nella mia testa non era ancora chiaro quale. Non avevo idea da dove cominciare.

Raggiunsi la stanza più piccola e variopinta, protetta da un vetro attraverso cui osservavo passare decine di ragazzi diversi eppure simili tra loro.

Occhi scuri, abiti usurati, sguardi bassi, mani in tasca. Un bizzarro sottofondo rumoroso, allegro e dissonante. Musiche di etnie diverse che si sovrapponevano tra loro. Uscivano dai computer sparsi nella grande stanza. Ognuno faceva ascoltare a qualcun altro qualche pezzo che dal suo paese aveva portato con sé.

Vicino alla porta finestra vidi il ragazzo che mi aveva offerto un passaggio in bicicletta. La stessa bicicletta scalcagnata che ora, come un cane da guardia, era accostata alla sua sedia. Non so neanche perché ma sentii il bisogno di avvicinarmi. Mi appostai alle sue spalle guardando lo schermo. Ascoltai suoni sconosciuti, strani, esotici, per me. Non avevo la minima idea di quale nazionalità fosse, in verità, né me l'ero chiesto, il giorno in cui ci eravamo conosciuti. Lui si girò a guardarmi, poi tornò a fissare il computer e, come mi avesse letto nel pensiero, disse: «Romania».

«Bello», risposi, solo perché non sapevo cos'altro dire.

Romania...

Dunque la Romania non era solo un nome sentito distrattamente al telegiornale. La Romania era anche questo ragazzo sperduto con un sogno distante, una forte nostalgia e una bicicletta rotta, che adesso ascoltava incantato le sue musiche e guardava i suoi colori dentro un piccolo schermo sfocato. Presi una sedia e mi sedetti accanto a lui.

«Non l'avevo mai sentita. La vostra musica intendo.»

«Si sente solo in Romania, certo qui non la passano alla radio...»

«Quanto tempo è che non ci torni?»

Lui fermò la musica e si girò verso di me. Mi guardò dritto negli occhi.

«Tre anni fa sono partito. Tre anni fa ho salutato tutto.»

«E non ci sei più tornato?»

«No. L'ultimo ricordo è quando sono salito su... su un furgone. Prima di salire mi sono voltato, ho guardato il mio paese, e ho pensato che era l'ultima volta...»

Non sapevo che dire. Rimasi in silenzio, turbata. Lui accennò un sorriso. Guardò la mia borsa chiaramente di marca, me l'avevano regalata gli zii per Natale. «Vita facile.»

Mi sentii a disagio. Non sapevo se si riferisse a me o in generale.

Continuò: «Non per me. In Romania non c'è lavoro. Non so se vedrò più i miei genitori, ma io sono qui perché non avevo altra scelta».

«Cosa facevi in Romania?»

«Lavoravo con mio nonno, lui fabbricava pentole, coltelli, era bravissimo. Sapeva fare qualunque cosa. Poi li scambiava con altri oggetti, cose da mangiare per noi.» Sospirò. «Raramente con soldi. Io sono cresciuto con lui, girando il paese con la sua carrozza e il mio fratellino piccolo seduto dietro. A te sembra impossibile, vero? Eppure eravamo liberi, e felici. Poi, abbiamo cominciato a non farcela più...»

Si girò a guardare fuori dalla finestra, un punto imprecisato.

«Ho deciso di partire. Da solo.»

Si interruppe, come avesse bisogno di recuperare energie per continuare. Mi guardò.

«Anche il mio fratellino voleva venire, ma era troppo piccolo. Ho dovuto lasciarlo.»

La sua voce tremò leggermente, appena appena.

«E poi?»

«E poi ho attraversato da solo l'Ungheria, l'Austria, e sono arrivato qui. Speravo di trovare un buon lavoro per mandare soldi ai miei. Ogni tanto li mando, se li ho.»

«A tuo nonno?»

«No. Mio nonno... lui ora è morto.» Un sorriso negli occhi. «L'ho saputo tempo dopo, da un ragazzo rumeno arrivato qui a Civico dopo di me.»

Fui colpita dalla sua espressione serena: non c'erano tracce di tristezza sul suo volto. Come se il nonno fosse ancora con lui.

«Quanti anni hai?» gli chiesi.

«Diciassette.» Uno più di me.

Lo guardai negli occhi attentamente. Quegli occhi avevano già visto la miseria, la sua terra che si allontanava, la sua vita disperdersi, e finire tra le sbarre dell'incertezza. Quegli occhi avevano pianto la morte, avevano raccolto la sofferenza e il dolore, eppure ora mi fissavano trasparenti, sorridenti, sereni. Mentre mi ci specchiavo, incantata, pensai che i miei, al confronto, erano occhi vuoti. Eppure, immersi com'erano nei suoi, si andavano colmando di qualcosa. Rubavano un po' della sua vita.

«Mi dispiace.» Mi riferivo a lui, mi riferivo a me. «Mi dispiace per tuo nonno, intendo. Comunque io sono Claudia.» Gli porsi la mano.

«Samuel.» Me la strinse con forza, e mi sembrò che ci conoscessimo da sempre.

Poi tornò alla sua musica, e io mi alzai per timore di disturbarlo. Però non me ne andai. Rimasi in piedi dietro di lui a fissare lo schermo e ad ascoltare.

Mi sentivo inspiegabilmente vicina a quel ragazzo, e a tutti gli altri.

Un senso di appartenenza misterioso, sconosciuto.

Ero sola anch'io, come loro.

Loro che avevano perso tutto, come me, anche se i nostri mondi erano così distanti, e i nostri dolori così diversi. Anche se il loro futuro era ben più incerto del mio.

Dal computer di un altro ragazzo partirono più forti le note di una ballata. Una musica allegra, spensierata.

Sulla mia pelle sentii passare un soffio leggero, come una carezza...

10.

Tornai a casa. Ero scossa da tutto ciò che avevo visto. Ma appena aprii la porta sentii un fremito attraversarmi le vene.

Il pavimento, il divano, la porta…

Tutto mi ricordava lei. La persistente paura di essere sgridata o punita. Eppure le urla escono solo con i sentimenti, solo quando ti sta a cuore qualcosa. Altrimenti guardi scorrere la vita come una guerra in un paese distante. Come per mio padre. Io ero una battaglia su un altro pianeta.

Sarebbe stata contenta, lei, di sentirmi parlare di Samuel. Lei con i suoi occhi lucidi, commossi, partecipi. Quell'espressione orgogliosa. A lei le parole non erano mai servite. A lei bastavano gli sguardi, sgridavano, ringraziavano, riprendevano. Fin da quando ero piccola, vibravano.

Ma ora a chi sarebbe fregato di Samuel? Di me?

Potevo diventare una criminale, una ladra, una santa. Non importava più a nessuno.

E poi, il citofono.

Uno squillo. Mi riportò con i piedi per terra.

Il mollusco aveva le chiavi, che voleva? Perfino che lo aiutassi a portar su la spesa ora?

«Che c'è?» Alzai la cornetta. Scocciata.

«Claudia?» una voce più acuta. Non era mio padre.
«Chi sei?»
«Sono Giancarlo.»
Di nuovo Giancarlo.
«Ciao.» Stupore.
«Ti va di scendere? Altrimenti possiamo anche chiacchierare così.»
«No, no... certo... scendo subito.» Afferrai il cappotto e via. Giù per le scale di corsa.
Aprii il portone. Era lì. Esile, timido, buttato, un po' steso, su un motorino bianco tutto ammaccato.
«Ehi!» Si illuminò.
«Ciao. Non pensavo venissi.»
Provai un moto di gratitudine, per quella sua apparizione in piazza, per le sue parole.
In fondo anche poche ore prima, da Ciampini, l'avevo piantato in asso ed ero corsa via. Come sempre.
Lo avevo trattato male un'altra volta.
E ora: chiedere scusa? Io?? No, era ancora troppo, cambiamenti intorno a me, non dentro.
«Non lo pensavo nemmeno io.» Silenzio.
«Ti va di fare un giro?»
«No grazie, sai, c'è papà a casa e gli dà fastidio che vada in giro in motorino di notte.» Mentii descrivendo un padre che speravo di avere.
«Tranquilla, lo capisco... Stamattina non ti ho nemmeno chiesto come stai.»
«Non lo so.»
Era vero. Forse la domanda più semplice che di norma potessero farmi, ora sembrava un puzzle intricato.
«E tuo padre come sta?»
«Si sta riprendendo...» mentii di nuovo. «Sai, mi sta molto vicino ultimamente.»
«Ne sono contento.»
Annuii.

«So che non avevate un gran rapporto... però, certo, le persone cambiano, no?»
Malizioso. Forse anche sospettoso.
«Certo, certo. Però almeno ho lui...»
E alla terza bugia non ce la feci. Il magone nello stomaco si capovolse. Si spinse su, come il mercurio in un termometro. Su, su, su, fino in gola. E scoppiai.
«Non è vero», urlai in lacrime, «non è vero.»
Singhiozzi. Ancora singhiozzi.
Odiavo piangere. Mi mostrava debole. E non volevo esserlo. Neppure ora.
«Ehi», sussurrò lui, e con delicatezza mi mise le braccia attorno alle spalle e mi strinse a sé. Carezze leggere, delicate come se potessi rompermi. E io sprofondavo. In me stessa, cullata dalla sua voce, appena un sussurro, dal suo profumo di acqua di colonia che avevo sempre odiato. Ma che ora sembrava familiare.
«Va tutto bene», continuava a dire. Non era vero.
Alla fine mi sentii svuotata. Però stavo meglio. Mi aveva fatto sfogare. Ci ritrovammo sul motorino, seduti accanto, a fissarci i piedi.
«Questo motorino è un bel catorcio», commentai. Tentavo di alleggerire l'atmosfera che io stessa avevo creato. Non era mio solito.
Sorrise.
«Colpa tua.»
«Come mia? Che ho fatto ora?»
«Non ora, l'estate scorsa, ti ricordi?»
Lo guardai. Perplessa.
«Dai, è passato un anno. Non è poi così tanto...»
Mi guardò per accertarsi che comprendessi.
«Eri in spiaggia e mi hai scritto di raggiungerti. Mi piacevi da impazzire. Mi sei sempre piaciuta, e lo sai. Io ero a casa di mio zio... dai, zio Lucio te lo ricordi? Abita all'Eur, lontanuccio dalla spiaggia...»

«E quindi? Continuo a non capire cosa c'entro col tuo motorino...»

«Be', avevo paura di metterci troppo. Avevo paura che te ne andassi. Così sono saltato sul motorino di corsa. Ma alla prima curva sono caduto. Io messo peggio del motorino. Lui ammaccato fuori, io ammaccato dentro...»

«Potevi tornare a casa, se era la prima curva.»

«Quella sera non me la sarei persa per nulla al mondo.»

Lo sguardo intenso, che si inchiodava nei miei occhi.

«Non me ne sarei andata», dissi. Un sorriso. Vaga. Fissai il cielo poi la strada. «Fa un po' freddo», aggiunsi.

Si tolse la felpa, me la porse. Senza distogliere lo sguardo dal mio.

Poi, tutt'a un tratto, si concentrò su qualcos'altro. Dietro di me, distante, mise a fuoco aguzzando gli occhi.

Mi girai anch'io. Forse più stupita di lui.

Un uomo camminava incerto sorreggendo due buste bianche di supermercato. Sembrava pendere da tutte le parti. Naturalmente riconobbi subito mio padre.

Panico.

Dovevo preoccuparmi più per non aver avvertito mio padre o per aver mentito a Giancarlo ancora una volta? Gli avevo detto che mio padre mi aspettava in casa...

La seconda. Senza dubbio.

«Buonasera signor Gagliani.» Si alzò un po' sconcertato. Contemporaneamente verso di me lanciò un'occhiata. Fulminante.

«Ciao...» farfugliò lui senza ricordarsi il nome.

«Claudia mi dai una mano?» Voce spezzata. Un uomo spezzato.

Una mano?

"No", volevo rispondergli, "portatele su da solo! Tanto mi rovini sempre tutto." Ma annuii afferrando una busta. Lui, borbottando, si eclissò. Sparì dietro il portone.

A un tratto la busta mi sembrò troppo pesante da sorreggere.

«Non devi mentirmi.» Si rimise il casco. Troppe botte alla testa, per colpa mia. «Sai che non riesco ad arrabbiarmi con te...»

Non dissi niente. Mi morsi il labbro presa dal panico. Stavo perdendo anche lui? Lui salì a cavalcioni e accese il motore.

«E riguardo a quella sera», concluse, «forse mi sono ammaccato, io e questo catorcio, ma tanto te ne sei andata comunque.»

Un sospiro. Non si riferiva certo a quella sera...

«Ma sappi che io no, non me ne vado, per te ci sarò sempre.»

E concludendo la frase se ne andò.

"Un po' contraddittorio", pensai.

Ma capii ciò che voleva dire. Lui c'era. Almeno lui, c'era.

Tornata in camera, flash della mia giornata cominciarono a balenarmi in testa. Civico, Samuel, la scuola, mio padre.

Giancarlo.

Rodrigo.

Non esistevano due persone più diverse. Fuori e dentro. Eppure a cercarmi era venuto Giancarlo. Cominciai a chiedermi perché ci aveva sempre tenuto a me. Non ero sempre stata bella, anzi ero tutt'altro. Ero insicura, impacciata, gli altri mi prendevano in giro. Ero un maschiaccio, giocavo a calcio meglio dei ragazzi. Il primo anno di medie tutti quelli del liceo mi chiamavano «piccolo mostro». E io soffrivo, piangevo. E lui mi consolava. Poi in due anni mi ero trasformata, non so come né perché. Ma sono diventata un'altra. E Giancarlo sia prima che dopo mi aveva sempre guardata come se fossi un raggio di luce. Come se lo fossi sempre stata.

Ma no, no, che dicevo. Era un amico, tale sarebbe rimasto. Però era stato bello, almeno per quella sera, convincersi che qualcuno su questa terra era rimasto, che teneva a me.

11.

Il giorno dopo non andai a scuola. Restai chiusa in camera fingendomi indaffarata a fare dei compiti che non avevo. Avevo altro per la testa...

Parlare con Giancarlo mi aveva messo in contatto con una parte di me stessa che ignoravo. Una parte che solo mia madre aveva visto, cercando di rianimarla e farla vivere.

E invece io...

Io cominciavo a visualizzarla solo ora, quella parte, e mi chiedevo come potessero accadere cose così. Trasformazioni improvvise? Cambiamenti? O solo la caduta di un velo che aveva coperto la parte più vera di me stessa, per chissà quale sfida.

Confusione. Mi pareva di essere diventata un'altra Claudia, un'altra me. Capivo che mia madre mi conosceva meglio di me stessa. Soffrivo per non essermi fidata di lei. Lei che ora non c'era più, e io ero sola con la mia rabbia, i miei dubbi, il mio dolore, le mie domande alle quali avrebbe potuto dare una risposta solo lei.

Aspettai, osservando l'orologio. Ticchettava, lento, ossessivo. Nell'assenza di ogni altro rumore rimbombava per tutta la camera. E io mi arrotolavo nella mia solitudine.

D'un tratto mi scossi... ma dai, tutte cazzate! Non esistono due Claudia! Dovevo uscire e rivedere gli altri. Mi avrebbero fatta stare meglio sicuramente, mi avrebbero aiutato a non pensare. Scrissi a Giorgia, che mi rispose subito, come se avesse il telefono già in mano.

Amò, stasera compleanno Pietro, si va a ballare vieni?

A ballare durante la settimana? Mia madre sarebbe inorridita. Ma sì, pensai, alla fine che avevo da perdere?

Ok, vengo da te alle 10 e andiamo insieme?

Non dissi niente a mio padre. Non si sarebbe accorto di niente. Che gliene importava? Viveva sotto il mio stesso tetto ma in un altro mondo. Chiusi la porta della camera e finsi di andare a dormire.

Invece scesi, salii su un taxi e andai a prendere Giorgia.

Non mi ero truccata. Non ne avevo voglia. Avevo indossato un paio di jeans e una canottiera. Niente tacchi, lustrini, magliette di pizzo o minigonne. Andavo un po' così, un po' senza voglia, con la speranza di farmela venire. Non dovevo pensare, non dovevo.

E poi ecco Giorgia, che esce dal portone come una diva hollywoodiana. Ripensai a quella sera, tempo prima, alle sue lacrime a Campo: si era ripresa, decisamente!

Tacco 12. Pantaloncini stretti, a mostrare una parte del sedere. Se si fosse piegata sarebbe rimasta quasi nuda. La maglietta corta, un pezzo di pancia in vista, il seno tirato su come da un lifting fuoriusciva abbondante dalla maglietta. Dallo specchietto vidi il tassista fissarla sgranando occhi voraci. Ma appena si accorse che lo osservavo sviò immediatamente lo sguardo. Mi vergognai per Giorgia. Mi vergognai per me stessa: non mi vestivo quasi sempre così anch'io?

«Amore, che bello vederti!» esclamò lei appena entrata. Poi uno sguardo, uno scanner. Non ero vestita come al solito, e cosa era successo?

«Stai benissimo», la blandii io, per evitare che commentasse prima lei.

«Grazie.» Sorriso soddisfatto. Lo sapeva.

E poi eccoci fuori. Sciami e sciami che si travolgevano l'un l'altro come in un autoscontro. Ragazzini vestiti da grandi, grandi vestiti da ragazzini. Ci si perdeva in quella massa uniforme che sembrava riprodotta in serie. Giorgia consegnò i soldi al tassista e scese, ansiosa di essere ammirata. O disapprovata. O comunque guardata. Poco importava purché la notassero.

Sembravano tutti indaffarati febbrilmente. Branchi, tutti branchi. Ed ecco il nostro.

Rodrigo appoggiato al motorino fumava la sua sigaretta, posa da modello in carriera. Giulio, fermo davanti a lui lo guardava. E intorno, come sempre, la corte: Clotilde, Giulia, Rebecca, Bianca, Martina. E poi Pietro, il festeggiato, vicino a un altro paio di ragazzi.

Giulio appena vide Giorgia cominciò a sbracciarsi ansimante mentre gli sguardi delle altre diventavano di pietra. Conciata in quel modo, ci credo. Rodrigo invece sembrò deluso di vedermi così. E forse lo ero anch'io. Per un attimo mi sentii a disagio. Mi pentii di non essermi vestita come sempre.

Eppure...

Eppure all'improvviso provai di nuovo quel senso di estraneità, di repulsione. Cercai di respingerlo, ma cos'era, che c'entrava? Lui era Rodrigo, no?

Rodrigo.

Chiamai in soccorso tutti i ricordi degli istanti vissuti insieme a lui, e fu come se stessi cercando un attimo da rimpiangere, da voler rivivere. Niente... sfogliando il catalogo delle memorie, non trovai niente. Niente che valesse la pena. Frammenti congelati che non avevo voglia di scaldare.

«Eccole!» esclamò Pietro quando ci vide. Giulio ci fece l'occhiolino e le altre ci accolsero con un collettivo e fioco «ciao».

«Tanti auguri!» Io e Giorgia come un coro.

«Dai, mo' annamo», disse Rodrigo facendo un cenno a Pietro, che si mosse verso l'ingresso del locale. Contemporaneamente mi prese per i fianchi.

«Amo', ma che te sei messa, che stai andando da tua nonna?»

Rabbrividii mentre di impulso toglievo le sue mani dai miei fianchi. «Mica mi devo per forza spogliare per andare a ballare.»

Serrai le labbra, osservando con disprezzo le ragazze che si affollavano davanti a me. Sguardo ostile. Lui si spaventò.

«Sei sempre bella tu, più di tutte», tentò di riprendersi. Sempre convinto, sempre sicuro. Camminai più veloce per lasciarlo dietro.

Entrammo nell'ingresso che portava ai tavoli. Chiaro. Quelli da ottocento euro, pagati da Pietro.

Dentro la musica esplodeva, rimbombava. La gente si ammassava, si calpestava. Il puzzo del sudore impregnava l'aria e noi più in alto, sui divanetti, osservavamo. Giorgia e le altre cominciarono a ballare, muovendo i fianchi, abbassandosi e sollevandosi in maniera sensuale.

Eccole, ribelli.

Donne non prede ma predatrici. Gli sguardi ammiccanti, persi, in cerca di qualcuno su cui stringere la morsa. Giulio era incantato, sotto ipnosi. Come gli altri amici di Pietro, che ordinarono una bottiglia di champagne.

La prese Rodrigo, la aprì veloce e un torrente di schiuma si sparse sul pavimento. Una ragazza prese un bicchiere, ma Rodrigo non glielo versò. Invece cominciò a spruzzarle in testa litri d'oro. Così su tutto il tavolo. Champagne ovunque. I ragazzi esultavano, gridavano, saltavano. La ragazza bagnata si scansò i capelli dal viso in un modo che probabilmente riteneva sexy.

E poi... poi vidi Rodrigo strofinarlesi addosso come un

cane. "Sporco, schifoso cane", pensai. Mi alzai di scatto, saltai su come una molla compressa da troppo tempo. Qualcuno mi prese la mano, mi girai.

Pietro.

«Clà, dove vai?»

«Via.»

Pietro fissò Rodrigo per qualche secondo.

«Non te la prendere per quello, su, sai com'è fatto.»

«Sì, è fatto così, solo che io... non so più come sono fatta io.»

Tentennavo, confusa, incerta, chiedendomi se quello che stavo dicendo avesse un senso. Lui mi guardò, incapace di trovare le parole giuste. Fluttuavano mute nella sua espressione, ma si rimarginavano come ferite tra le labbra. Disse solo: «Dai andiamo a bere qualcosa». La soluzione per ogni problema.

Ma sì, pensai. Volevo dimenticare. In fondo era per quello che ero lì, no? Soffocare i sentimenti, i pensieri, i dubbi.

Si avvicinò al bar: «Due shot... B52», disse.

Lo guardai con aria disgustata mentre la barista mischiava una serie indeterminata di alcolici nello stesso bicchierino. Provai a tirare fuori il portafogli.

«Non ti azzardare, non ho mai fatto pagare una ragazza.»

Lasciai perdere subito... lo shot era pronto da bere.

Lo portai alle labbra. Ma non ci riuscii. Non riuscii a bere nemmeno una goccia. La gola chiusa, bloccata. Invece presi a rigirarmi tra le mani il bicchiere, osservandolo come se da un momento all'altro potesse prendere vita. Anche Pietro teneva in mano il suo, aspettando di poter brindare. Ma io ero paralizzata a fissare quell'intruglio.

«Bevi tu.»

Aggrottò le sopracciglia. «Che ti prende?»

«Bevi tu», insistetti.

Rimase per un po' a guardarmi incerto sul da farsi, stupefatto. Poi scrollò le spalle e mandò giù. Posò il suo bicchiere vuoto e poi svuotò anche il mio. Aspettò qualche secondo, sperando di sentirmi dire qualcosa, ma poi capì che era una battaglia persa. E se ne andò.

Finalmente sola. Sorrisi, nel guardare come estranei quei bicchieri.

Mi sentivo svuotata come loro. La mia vita era un pozzo senza acqua, niente madre, niente amici, niente scuola. Scavavo, una talpa, da un baratro all'altro, più fondo ancora. Colpa mia. Di tutto. Colpa mia.

Farmi versare alcol addosso, come quella tizia di Rodrigo. Vomitare ubriaca. Fare cose stupide. Io ero così. Ma quella sera no, non ci riuscivo. Perché?

Giancarlo, mia madre, Civico. Chissà. Troppi discorsi, troppe emozioni, troppe vite passate concentrate in pochi mesi. E io chi ero adesso? Cosa stava cambiando dentro di me?

Presi la giacca e sorridendo uscii dal locale. Non avevo smesso di pensare quella sera. Neanche un istante.

Anzi, forse per la prima volta avevo cominciato a farlo.

12.

La mattina dopo andare a scuola era l'ultima cosa al mondo che avrei voluto fare, ma non avevo scelta. Del resto giustificare ancora la mia assenza sarebbe stato anche peggio che alzarsi dal letto.

Come avrei fatto a sopportarlo?

Troppo dolore sulle spalle, il mondo senza più suoni né colori, e il desiderio di distruggere tutto attorno a me.

La scuola, eccola lì: un mostro di cemento grigio che incombeva su di me, pronto a divorarmi. Tutto mi pareva morto, immobile, senza speranza. Gli sguardi vuoti, quei sorrisi finti appiccicati in faccia ai compagni che mi accoglievano man mano che passavo, e loro si giravano continuamente verso me come fossi un magnete, per forza di attrazione.

Attorno grigio, grigio e ancora grigio, il colore del vuoto, il colore della mia nuova vita, il mio colore.

Entrai in classe e mi accasciai dietro il banco in fondo alla stanza. A lungo quel banco era stato il trono dal quale mi era sembrato di dominare il mondo e tutti gli altri, esercitando il mio sguardo regnante, il mio potere.

Ridicola, pensai.

Avevo dominato cosa? Un branco di ragazzini stupidi, viziati, egoisti.

Ecco cosa.

Avevo governato il nulla.

Neanche me stessa, ero riuscita a governare.

Li guardai, e mi vidi in mezzo a loro. Eravamo cavalli che giravano a vuoto con il paraocchi, capaci di fissare un punto solo. Sarebbe bastato allentare un po' quella visiera per capire quanto fosse ottuso quel campo visivo.

La vita degli altri...

L'avevo osservata da lontano, estranea, come si osserva uno spettacolo televisivo. Tutti distanti, indifferenti, segregati in noi stessi.

E adesso mi pareva che il dolore, scorticandomi la pelle, l'avesse resa vulnerabile a tutte le emozioni che sentivo intorno a me. Un oceano infinito di emozioni. E ognuna era un granello di sabbia che saliva dal fondo, e rotolava proprio su di me, facendomi bruciare la pelle, sobbalzare.

La prof di matematica, intenta a scrivere sulla lavagna con i suoi occhiali spessi, non fece caso alla mia disattenzione, o almeno decise di non rimproverarmi.

E poi la campanella, finalmente...

Via da lì, più veloce che potevo.

«Amore, che facciamo dopo scuola?» mi bloccò Giorgia.

Mi fece tenerezza, o forse pena.

Mi resi conto che per lei l'identità di mia migliore amica era essenziale. Per luce riflessa, le preservava un ruolo. Un salvacondotto contro l'emarginazione dal gruppo di chi conta. Tra noi funzionava così.

Le sorrisi appena.

«Non so quello che vuoi fare tu, so quello che farò io.»

Allungai rapidamente il passo verso l'uscita, trapassando una selva di sguardi sconcertati che mi seguirono fino a vedermi scomparire oltre le sbarre verdi del cancello. Era quello il confine tra due mondi, la frontiera tra due spazi alieni. Sapevo che mi stavo già sfilando da quello che lasciavo alle mie spalle.

Sentivo di appartenergli sempre meno.

Sentivo di non appartenergli quasi più.

E in questa fuga mi sembrava di riuscire a smaltire un po' il dolore, a sentirmi più vicina a mia madre, a me stessa, alla Claudia che lei avrebbe voluto vedere in me.

Stavolta parcheggiai la macchinetta lontano dalla sede di Civico. Non volevo sentirmi diversa. Mi vergognavo del tenore di vita e dei privilegi che mi differenziavano da loro.

Entrai cauta.

Sguardi stupiti mi caddero addosso.

Il più stupito fu quello di Ive.

«Claudia! Che sorpresa rivederti così presto!» si sbalordì, con la sua inconfondibile erre francese.

Continuando a sorridere annuii.

«A cosa devo tutta questa assiduità?»

«Ho un'idea per un progetto.»

«Ah sì? Sono curioso!»

«Un video!» mi lanciai.

«Che tipo di video?»

«Non so, vorrei cominciare a parlare con i ragazzi e a riprendere le loro storie, poi qualcosa in testa per usarle mi verrà.»

Sì, rimuginai, qualcosa... anzi, più di qualcosa.

Mentre mi allontanavo da Ive, mi parve di scorgere nel suo sguardo un bagliore di allegria.

Nel lungo corridoio che costeggiava i locali qualcuno attirò la mia attenzione. Un ragazzetto basso e scuro di pelle e di capelli, scolpiti in una specie di cresta con il gel. Mi incuriosì il fatto di vederlo concentrato, quasi disteso su un foglio ancora bianco. Fissava la penna come se da sola potesse lasciar scorrere un flusso di parole. Del resto, pensai, cos'è la vita, se non un foglio bianco da riempire?

«Che cosa fai?» gli chiesi avvicinandomi.

«Ive mi ha chiesto di scrivere la mia storia per il "Griot", ma non ci riesco. Non riesco a scrivere. Non trovo le parole...»

«Ti posso aiutare?»

Annuì.

«Come ti chiami?» gli chiesi, sfilandogli la penna con dolcezza dalle mani. Decisi che lo avrei aiutato a scrivere. Con il mio aiuto, quella vita bianca come la pagina che aveva di fronte avrebbe preso forma, sarebbe diventata la sua storia.

«Jacob.»

«Io sono Claudia. Da dove vieni, Jacob?»

«Vengo dall'Afghanistan. Ma ormai sono passati otto anni da quando sono partito dal mio paese.»

«E cosa hai fatto in tutto questo tempo?»

«Mi sono fermato varie volte. In Iran, in Iraq, ogni volta che i soldi non bastavano per proseguire il viaggio. Mi fermavo vari mesi in un paese o in un altro per lavorare. Facevo il sellaio. Poi sono arrivato in Grecia. In Grecia...» Si soffermò a guardarsi un laccio delle scarpe.

«In Grecia...?»

«Avevo paura. Sempre paura...»

Sollevò lo sguardo nei miei occhi.

«Di cosa avevi paura?»

«Dei fascisti.»

I fascisti... Pensai a Giulio, a Rodrigo, agli altri come loro, alla facilità arrogante con cui rivendicavano quella parola.

E piano piano, nel racconto di Jacob, quella parola si riempì di identità.

«I fascisti ci aggredivano. Ci colpivano. Io dormivo con altre dodici persone, tutti nella stessa stanza. Lavoravo per fare abbastanza soldi da poter pagare la barca che mi avrebbe portato in Italia. Volevo venire a lavorare qui.»

Ora parlava lentamente, spostando lo sguardo da una scarpa all'altra.

«Una notte un mio amico è tornato in stanza pieno di ferite. Sangue sui piedi, sulle gambe. I fascisti lo avevano picchiato e poi legato con le manette al paraurti di una macchina in un campo da corsa. L'auto lo aveva trascinato come una bestia, costretto a correre, correre, correre... finché non è caduto nel suo sangue.»

Rabbrividii.

Chiesi: «Perché?».

«Dicevano che era perché noi non siamo greci. Dicevano che non potevamo lavorare lì. Così dicevano.»

Lo fissai sconvolta.

Mi resi conto che non avevo scritto ancora niente. La pagina era ancora bianca, come il mio volto che impallidiva ascoltando la sua storia.

«E poi che è successo? Come sei arrivato qui?»

«Poi ho preso una barca. Il viaggio più lungo della mia vita. Le donne urlavano e piangevano, il mare era forte, avevo la nausea, tanta nausea. Poi abbiamo sentito degli spari e ci siamo gettati uno sull'altro per schivarli.»

«Dev'essere stato spaventoso...»

«Io pregavo. È arrivata la polizia della Grecia. Non ci eravamo allontanati molto... Ci hanno detto di non preoccuparci. Che ci portavano in salvo. Invece quelli che portavano la barca si sono spaventati e ci hanno lanciati tutti quanti in mare. Faceva freddo. Alcune donne sono annegate. Ho visto un bambino che urlava. La madre era morta. Si è attaccato alla mia schiena. Sono riuscito a salvarlo. Ma la madre no. Come farà senza la madre? Che ne sarà stato di lui?»

Sentii i miei occhi che si bagnavano.

Lui continuò.

«Abbiamo nuotato fino a riva. Non ho mangiato per giorni.»

Silenzio.

«Ora sono qui però. Voglio studiare, voglio tanto studiare.»

«E studi?»

«No, lavoro in un ristorante. Nel mio paese si dice che la vita è come un cocomero, troppo grande per tenerla con una mano sola. Se voglio vivere, devo guadagnare. Non posso studiare per ora.»

Non ero riuscita a scrivere nemmeno una parola.

E allora accesi la telecamera e gli chiesi di ripetere la storia. Mentre parlava, la vita di Jacob cominciò ad appartenermi, a entrarmi dentro, a diventare un po' anche mia.

Un tocco lieve sulla spalla mi obbligò a voltarmi. Il mio volto andò quasi a sbattere contro il volto sorridente di Samuel.

«Ehi, ciao, ben tornata.»

«Ciao Samuel, sono felice di rivederti.»

Era vero. Ero felice sul serio.

Parlai ancora un po' con Jacob, poi accompagnai fuori Samuel a fumare una sigaretta. Mi sedetti vicino a lui.

Fu allora che mi scosse all'improvviso lo squillo stridulo del cellulare. Rodrigo... D'istinto spinsi il tasto che rifiuta la chiamata. In quel momento era l'ultima persona con cui avevo voglia di parlare. Non volevo che entrasse in quel mondo, in nessuna maniera. Samuel si accorse del mio gesto e del mio turbamento.

«Il tuo ragazzo?»

«Lui...? In realtà non lo so. Lo era, ma ora non so più quello che voglio.»

«Ah.»

«Tu ce l'hai una ragazza, Samuel?» I suoi occhi presero a brillare. Una luce potente.

«È in Romania. Vive ancora lì. Ma non la vedo da tre anni.»

«Ma è tantissimo! E come fai ora che sei qui?»

«Quando ho abbastanza soldi per chiamarla vado in un phone center. Ma posso stare sempre troppo poco...»

«E lei com'è?»

«Bellissima. La più bella ragazza della Romania. Lei è... come si dice? Canta... cantante?»

«Sì, cantante!»

«E ogni tanto, quando la chiamo, lei canta per me al telefono. Senti, l'ultima volta mi ha cantato questa.»

Tornammo nella sala e fece partire una canzone dal computer. Era lenta e melodica, a tratti struggente. Non potevo capire le parole, eppure mi pareva avessero più senso di quelle di certe canzoni vuote che di solito ascoltavo. La sua voce parlava direttamente al cuore.

Lui fissava lo schermo buio, fiero come un padre che ammiri i talenti di sua figlia. Appagato. E nello sguardo un angolo di nostalgia.

«Ti manca, vero?» gli chiesi inutilmente.

«La porterò qui, lo farò, lo giuro!»

Nel vederlo così determinato mi convinsi quanto lui che ce l'avrebbe fatta! Gli sorrisi.

Lui si appoggiò di nuovo le cuffie alle orecchie, e si rinchiuse nella sua musica. Come se da una porta che aveva spalancato troppo in fretta fosse entrato un eccesso di corrente, e ora, per ripararsi, l'avesse nuovamente chiusa. Troppo gelo. Troppo rumore. Troppi pericoli. Le cuffie rappresentavano la sua armatura per difendersi dal mondo.

Trascorremmo il resto del pomeriggio a parlare. Non mi raccontò più niente di quello che aveva vissuto, e invece cominciò a parlarmi di quello che sognava.

Voleva finire la scuola. Frequentava ancora la terza media, poiché non parlava l'italiano abbastanza bene per il liceo. Mi disse di come sperava di trovare lavoro e di vivere una vita vera. Voleva fare lo psicologo, mi confidò, perché credeva di saper capire gli altri. E poi mai più centri di accoglienza.

Soprattutto quello.

«Mai più.»

E così quella sera, mentre lui tornava in una stanza non sua, in una casa famiglia che di casa e di famiglia non aveva niente, io mi sentii viziata e sconfitta. Tornavo sotto il mio tetto accogliente, nella mia camera bella ed elegante. Eppure non riuscivo a sentirmi più fortunata di lui.

Ecco perché mamma mi aveva mandata lì.

Tanto lo sapevo. Sapevo che stava ancora lì a guardarmi e non avrebbe mai smesso. Speravo che da qualche parte, dove si trovava ora, avrebbe ancora potuto essere fiera di me.

13.

Tornando a casa lasciai che gli odori della sera mi avvolgessero. Osservavo le persone sui marciapiedi, nelle automobili, ognuno così diverso dagli altri, ognuno una sua storia che ora avrei voluto conoscere, che ignoravo.

Davanti al portone mi fermai. Mi accorsi che era ancora aperto il tabaccaio dalla parte opposta della strada. Cercai nelle tasche, tastai la consistenza liscia di una banconota: cinque euro, tutto ciò che possedevo, esattamente quello che serviva per un pacchetto di sigarette.

E poi vidi lei.

Mi cadde in un angolo degli occhi mentre aspettavo che il semaforo pedonale diventasse verde.

Di nuovo lei.

Giaceva ai piedi del mondo, come allora.

La stessa signora anziana col copricapo viola e gli strani vestiti sovrapposti di quella sera di non troppo tempo prima: quell'angolo di strada, evidentemente, era divenuto la sua casa.

Una stretta al cuore. Pensai che la prima sera in cui l'avevo vista era anche l'ultima in cui avevo litigato con mia madre. Flashback della memoria e del dolore... quegli ultimi sguardi pieni di rabbia ma anche di amore.

Mi chiesi se fosse ancora arrabbiata con me, lassù dov'era. Mi chiesi se avrei mai smesso di rimpiangere di non averla stretta a me per l'ultima volta, se mi sarei mai perdonata per non averle chiesto scusa.

E quando il verde scattò non attraversai la strada. Tornai sui miei passi, verso la signora.

Lasciai cadere la banconota nella ciotola. E allora i suoi occhi si accesero per un attimo nel buio, prendendo la forma di due spicchi di luna.

«Dio ti benedica.»

Anche se Dio non serviva a nulla, pensai, sentivo che qualcuno mi stava osservando da lassù.

Rientrai in casa confusa dai gesti di una me che non conoscevo. Cosa mi stava succedendo? Ma forse c'è per tutti quel momento in cui, tra un passo e l'altro, ci rendiamo conto di essere in equilibrio su di un filo, e ci viene paura di cadere, finché il piede successivo non ha la certezza di appoggiarsi a qualcosa di concreto. Ma sono quelli che non se ne rendono conto, che incedono sicuri, i primi a farlo. Ripensai a Rodrigo, era decisamente uno che stava già cominciando a precipitare.

Entrai chiudendo la porta con grazia, invece che con la solita brutalità. Le luci spente, sul vetro della finestra il riflesso di un bagliore. Suoni familiari echeggiavano per casa. L'unica fonte di luce era lo schermo della TV che lampeggiava nel salone. Gridolini, risate leggere di una bimba... Mi precipitai.

Sullo schermo scorrevano immagini di me. Io piccolina che giocavo nella sabbia, al mare. Una donna bellissima, inginocchiata accanto a me, costruiva un castello sbilenco. Mi guardava innamorata, lo sguardo radioso e sicuro di chi crede di avere tutta la vita davanti a sé.

«Papà?»

Avvertii l'urgenza di spezzare quell'atmosfera macabra, surreale. Subito. Ora.

«Papà...??» Più forte ancora.

Niente.

Mi chinai su di lui. In mano un bicchiere mezzo pieno di gin, una bottiglia ormai vuota rovesciata accanto, sul divano. Paonazzo, macerato dalle lacrime, raggrinzito in una smorfia di dolore. Una rabbia feroce mi assalì.

«Facile così, eh?»

Gridavo, sapendo già che sarebbe stato inutile, che tanto non mi avrebbe sentito.

Gridai più forte ancora.

«Facile bere fino a stordirti, vero?! Bevi che passa tutto, no?!»

Spensi la TV. Gli tolsi il bicchiere dalle mani. Non volevo che mia madre lo vedesse così.

«Cos'avevi detto? Ora siamo io e te? Ma se non ti ricordi nemmeno che esisto!»

Lo lasciai a marcire nella sua poltrona, senza pensare neanche per un attimo di portarlo a letto. Per me, non meritava niente di più. Mentre scappavo, fui fermata da un grugnito.

«Partirai», mi sembrò di capire in quel suono biascicato. Lo guardai con aria interrogativa, ma lui non si voltò. Continuò a fissare il buio senza guardarmi negli occhi. Non aveva il coraggio, non aveva la forza necessaria. Continuò a parlare da solo.

«Tu... tu sei giovane... hai la vita davanti a te... ti riprenderai... e andrai via anche tu. Troverai tante altre ragioni per riconquistare un sorriso... Ma io... io come posso sopravvivere?»

Io ora immobile, muta, colpita come un pugno nello stomaco dalle sue parole. Tante cose da dirgli. Ma non ci riuscivo. Le parole restavano sepolte dentro. Le ingoiai per l'ennesima volta, le sentii scivolare giù, depositarsi chissà dove, mentre fuggivo nel silenzio della mia camera.

Mi giravo nel letto, ma non riuscivo a dormire, come avrei potuto?

Un messaggio da Giorgia.

Amò, che fai? Corri qui!! Ci sono Rodrigo e anche Giulio, siamo a Campo, diceva.

Non capivo bene che senso avesse convocarmi lì. E nemmeno mi interessava: ormai sentivo di non appartenere più a loro. Ma in fondo mi avrebbe fatto comodo un alibi per uscire e smettere di pensare per un po'.

Indossai la prima cosa che trovai, mi truccai leggermente, uscii in fretta. Non avvertii mio padre: avevo deciso che non disponeva più di nessun diritto su di me.

E allora via.

Passai rapida attraverso strade buie, lungo le quali mi sembrava di poter nascondere meglio il dolore, per dimenticare lui, il suo sguardo spento, la voce timida che rimbombava comunque nella casa vuota.

Loro di pensieri ne avevano pochi, per quello riuscivano per osmosi a trasmettermi il nulla. Con loro anche i problemi diventavano nulla.

Eccoli, seduti come sempre attorno a un tavolo, bicchieri sparsi ovunque.

«Sei... sette... otto!» Giulio, la voce malferma, contava orgoglioso i bicchierini di vodka già vuoti.

Ecco il secondo ubriaco della sera.

Rodrigo sorseggiava dal bicchiere un liquido rosso.

«Amore!» saltò su Giorgia quando si accorse della mia presenza.

«Ciao Giò.» Mentre mi baciava, fui infastidita dall'odore aspro di alcol e sigarette. "Puzzavo anch'io così?" ebbi il tempo di chiedermi.

«O Claudiè! Siediti!» Rodrigo mi indicò la sedia, e io presi posto accanto a lui, come se niente fosse successo in discoteca. Che senso aveva parlarne? Probabilmente era talmente ubriaco che non se ne ricordava nemmeno...

Per la prima volta osservai con fastidio quella sua maniera caricata di gesticolare, così esagerata da sminuire il senso delle parole, quasi per mascherare il fatto che in realtà stava dicendo cose prive di significato. Coprire il modo di essere col modo di fare. Ecco, Rodrigo era così.

«Cos'è?» chiesi io curiosa, indicando il bicchiere rosso che lui agitava in aria continuamente nel parlare.

«Negroni...»

Digrignò i denti sulla G come un felino infuriato e mi allungò il bicchiere. Prima che potessi anche solo assaggiarlo l'odore mi nauseò. Arricciai il naso.

«No, grazie.»

«Eh già, mica è robetta da bambine», provocò lui fiero di sé stesso, facendomi l'occhiolino, la voce impastata.

Mi mise una mano sulla coscia mentre il suo sguardo ammiccante cercava il mio.

«Tranquilla, con quel culetto tu puoi fare come vuoi!»

«Sei fuori.» Lo scansai infastidita.

Mi accorsi che Giulio con Giorgia stava mettendo in atto lo stesso tipo di manovre. Diversamente da me, lei non reagiva. Anzi: si stava perdendo nei suoi occhi, incantata. Notai disgustata la mano di lui salire sulla sua gamba nuda, sotto la minigonna.

La strattonai.

Lei si girò di scatto, le guance infiammate.

«Ti posso parlare per un attimo?» le chiesi.

Annuì, mentre Giulio mi fulminava con lo sguardo.

«Torniamo subito», cercò di rabbonirlo lei con un sorrisetto falso. Poi mi seguì nel vicolo.

«No, ma io dico, cosa cazzo fai, Giorgia?»

«Ehm... hai ragione... non lo so... è che...»

«È che sei stupida! Non vedo altre risposte! Ma voglio dire, quel coglione ti si è scopato e qualche ora dopo si stava baciando un'altra, ti rendi conto? Ed era la tua prima volta. Ora sta lì che ti accarezza e tu gli lasci fare tutto? Ma sei impazzita?»

Scoppiò a ridere.

«Ma che cosa ridi? Ma quanto hai bevuto? Io non sto ridendo per niente, Giorgia!»

«Ma che ti frega a te? Tu non sai un cazzo! Io lo amo, okay? E sono problemi miei quello che faccio.»

«Fai come ti pare! Ma se mi voglio considerare anche lontanamente un'amica, e poi guardarmi allo specchio, non posso non dirti niente.»

Mi fissò spaesata, gli occhi lampeggianti, e poi scoppiò a piangere.

Un torrente di lacrime.

«Sei davvero mia amica, Claudia? Forse sei l'unica amica che ho. Oh, Claudia sono nei guai.»

«Che hai fatto? Che cosa hai combinato?»

«Il problema è quello che non ho fatto. Non ho preso precauzioni. Per fortuna è successo un'unica volta, lo sai. Come posso essere stata così pazza?»

Mi si aggrappò a un braccio con la mano.

«Sono terrorizzata. Che cosa posso fare?»

«Ma dai, stai calma... Sai cosa ti dico? È una cazzata, la prima volta non succede niente.»

Niente. Non c'erano parole capaci di calmarla, continuava a singhiozzare e singhiozzare. Io esterrefatta, impietrita dalla sua stupidità.

Un po' m'inteneriva, mi faceva pena, ma come avrei potuto mai salvarla da sé stessa?

E infatti non seppi cosa dire.

Mi sentii un po' simile a mio padre.

Riuscii solo a fissarla immobile mentre affogava nella sua paura. Volevo accoglierla, abbracciarla, ma qualcosa mi paralizzava.

L'eco di voci sguaiate lanciate nel silenzio mi riportò bruscamente alla realtà. «*La legge è nostra schiavitù d'amore, il nostro motto è libertà e dovere, vendicheremo noi camicie nere, gli eroi caduti liberando te.*»

Non potevo credere a tanta idiozia.

Giocavano ai fascisti.

Ripensai a Samuel, a Jacob, rividi il sangue e le botte, l'auto che trascinava i migranti, «ve ne dovete andare».

I fascisti. Ecco chi erano i fascisti.

Ci avvicinammo mentre Giorgia si asciugava le lacrime.

«*Faccetta nera, bell'abissina, aspetta e spera che già l'ora si avvicina...*»

Fu allora che feci quello che non avrei mai pensato di poter fare. Tirai un pugno a Rodrigo.

«Voglio che tu la smetta. Ora.»

Lui rise, sguaiato.

«Claudiè, che te prende, mica sarai diventata comunista?»

"Dio aiutami tu." Per la prima volta nella vita mi rivolsi a lui.

Vidi il furore nello sguardo di Rodrigo. "Ora m'ammazza." Tentai di sdrammatizzare.

«Ma no, Rodrigo... Ma quale comunista. È che stai solo facendo troppo casino, non ti pare? Sveglierai qualcuno», dichiarai, alzando gli occhi al cielo.

«E 'sti cazzi!»

Adesso urlava, totalmente ubriaco, e il suo alito alcolico mi arrivava addosso come l'odore di una fogna spurgata.

Poi all'improvviso cambiò tono.

«Dammi un bacino», s'illanguidì, attirandomi verso di sé.

Mi baciò con forza e foga, mi fece schifo, ma lo lasciai fare.

Ero paralizzata dalla paura.

Cos'avrebbe potuto fare davanti a un rifiuto in quelle condizioni?

Anche Giorgia e Giulio avevano ripreso a baciarsi.

Poco dopo la vidi uscire dal ristorante di fronte, e subito rabbrividii.

Carlotta con i suoi genitori.

Sapevo già come sarebbe andata a finire. Sperai non la vedessero. E invece la videro, e io notai gli sguardi complici che si scambiavano, e mi sentii morire.

«A' roito, sei andata a cena con mammina e papino?» cominciò Rodrigo.

«Ce credo, sei così brutta che sono gli unici che ti si inculano!» continuò Giulio.

Una rabbia sorda, profonda si impossessò di me. Sgorgò in un grido che impregnò tutta la voce, molta più voce di quella che credevo di avere.

«Smettetela! Vi sentite meglio, eh? A insultare lei che ce l'ha, una famiglia. Mentre voi no, non ce l'avete mai avuta, altrimenti non sareste così. Voi siete solo degli orfani. Dei poveracci.»

Avrei potuto ucciderli.

«A' Claudia, ma vattene a fanculo!» gridò Giulio, attirando Giorgia verso di sé come per riappropriarsene. Giorgia si lasciò prendere tra le sue braccia, scusandosi con gli occhi dentro i miei.

Aveva scelto.

E aveva scelto anche Rodrigo, che mi frustò con uno sguardo vitreo e ostile. Capii che non potevo farci niente, non gli appartenevo più.

Ero sola, adesso.

Ancora più sola.

Ma mentre mi girai per andarmene, incrociai gli occhi di Carlotta, che sorridevano lucidi, grati.

Mi bastò quello per andare via con un po' di calore.

14.

Il giorno dopo, decisi, niente scuola. Sarei andata invece dai miei amici di Civico. Niente macchinetta però. Avrei preso l'autobus, stavolta.

Rimasi lì per tutta la mattina. Tra quelle culture così diverse dalla mia, che adesso mi pareva senza umanità, stavo imparando di più, molto di più.

Mi stavo affezionando a Samuel, al suo modo di parlare e raccontare non solo la sua terra, ma anche la mia stessa città. Aveva uno sguardo diverso sulle cose, più profondo di chiunque altro. Forse è il dolore che ti rende così. Forse per questo stava cambiando così rapidamente anche il mio sguardo sulla vita.

Passai la giornata a girare interviste a lui e a tanti altri ragazzi. Mi raccontavano le loro storie, i loro viaggi, al limite dell'incredibile. Mi confidavano le loro speranze. Pazienza se capivo che molti di loro accettavano di parlare con me solo perché ero una ragazza, e per di più carina.

Non c'erano molte donne al centro: nei loro paesi non venivano considerate abbastanza forti da intraprendere viaggi lunghi e pericolosi, e spesso non riuscivano a opporsi né a salvarsi dalle imposizioni sociali e familiari, accettavano l'idea di essere troppo deboli e fragili per andar via. Preferivano lasciare al fratello maschio l'opportunità di scappare. Ma alcune, le più giovani, cominciavano a ribellarsi. A voler cambiare quegli usi opprimenti, a voler studiare, girare da sole, lavorare, a volersi emancipare.

Stanca ma soddisfatta di quella giornata, accompagnai Samuel nel portico a fumare una sigaretta mentre gli ultimi ragazzi uscivano dal centro.

«Posso chiederti una cosa, Claudia?»

«Certo Samuel, dimmi.»

«Tu hai fratelli?»

«No, purtroppo.»

«Ah», disse un po' deluso. «Be', secondo te, se due fratelli per tanto tempo non si vedono, poi si vedono dopo tipo quarant'anni, si possono riconoscere?»

Quarant'anni: temeva che non avrebbe visto suo fratello per tutto quel tempo.

M'intenerii e sorrisi, scrutando nei suoi occhi pieni di speranza.

«Ne sono sicura», cercai di rincuorarlo. «Due fratelli si riconosceranno sempre.» Sorrise sollevato, come se la mia fosse una sentenza, la risposta giusta e definitiva al suo quesito. Come se stesse già vedendo il suo futuro. Come se avesse davanti agli occhi quella scena: lui e suo fratello che si riabbracciavano.

«Io lo rincontrerò, lo so, vorrei solo essere sicuro di riconoscerlo.»

Annuii, cercando di non fargli scoprire i miei occhi inumiditi.

«Guarda che la Romania non è così lontana. Chi ti ha detto che non ci tornerai prima di quarant'anni?»

«Se hai soldi non è lontana. Se non ne hai, credimi, può sembrare irraggiungibile.»

In quel momento pensai che una cosa che avevo dato sempre per scontata, i soldi, poteva cambiare anche i confini del mondo.

«Vedi, mio fratello non so neanche dove sia. Alla fine

lui è scappato, come me. Io comunque darei tutto per poter tornare.»

«Per tua madre?»

«No, per la mia ragazza. Io voglio una famiglia con lei, lei è l'unica con cui posso immaginare una famiglia mia, il mio futuro.»

«La ami?»

«Più della mia vita.»

Gli occhi parlavano più delle parole. Vi lessi quello che non avevo mai visto in altri occhi, e neanche nei miei.

«Be', allora la rivedrai, come rivedrai tuo fratello, e sono sicura che avrai una famiglia.»

«Sì, magari vinco anche alla lotteria!»

Risi insieme a lui.

«Non puoi mai dire nella vita, da tutto hai niente e da niente hai tutto.»

Fu allora che mi accorsi di quella sagoma nel buio.

Una figura immobile che ci osservava dallo spiazzo del parcheggio. Aveva un che di familiare. La fissai a lungo, finché non la vidi avvicinarsi, emergendo dal cono d'ombra in cui si nascondeva. D'istinto mi aggrappai alla mano di Samuel come se mi sentissi minacciata.

Era Rodrigo.

«Che ci fai tu qui?» chiesi, andandogli incontro.

«Sono ore che stai qua dentro.»

«E allora? Che fai, mi segui? Sono fatti miei quello che faccio, Rodrigo.»

«Be', se stai con quello», disse indicando Samuel, «sono anche fatti miei.»

«Con Samuel?» chiesi sbigottita.

«Se no spiegami che ci fai qui!»

Lo fissai perplessa, e anche irritata.

«Sempre fatti miei, Rodrigo.»

«Col cazzo! Almeno ammettilo! Vi ho visti prima, lo tenevi per mano!»

«Ma che dici? Non sai davvero di che cosa stai parlando! Ma come ti permetti di venire qua a farmi il terzo grado?! Qui c'è gente che ne ha passate di tutti i colori, è un centro di volontariato, e io sto facendo un video sulle loro storie. Soddisfatto? Sempre ammesso che ti debba spiegazioni.»

«Sì, e io me la bevo! Non ha senso! Perché mai dovresti farlo?»

«Perché? Perché è l'ultima cosa che mi ha chiesto di fare mia madre, ecco perché!»

Sentii la mia voce incrinarsi, come ogni volta che la nominavo.

«Ed è una cosa bella», aggiunsi, «anche se quando lei me lo ha chiesto io non le credevo. L'ho capito ora.»

Lui occhi per terra, imbarazzato, improvvisamente consapevole del suo abbaglio.

Mi abbracciò.

«Scusa, Clà, non volevo, sono un imbecille. Solo che tu sei mia... non mi è mai successo... sono geloso... non capisco più niente quando ti vedo con un altro.»

Lo guardai stupita.

«Uno, no, non sono tua, e non apparterrò mai a nessuno. E poi io e Samuel siamo solo amici, davvero.»

Lui rise e in un attimo mi sembrò diverso. Diverso dal ragazzo che cantava i cori fascisti, che si ubriacava in discoteca.

«Hai ragione, dai, guardami, sono troppo figo per rischiarmela con quello.»

«In verità sei proprio uno stronzo», dissi, ma lo abbracciai intenerita.

Sì, forse avevo bisogno solo di un abbraccio, tutto qui. Forse del resto non mi importava niente. Rodrigo ora mi stava accanto, teneva a me, per questo mi aveva pedinato. Rodrigo mi voleva bene, anche se era tutt'altro che perfetto, se beveva troppo ed era per molti versi matto, lui c'era per me. Sentivo la sua presenza. E in quel momento abbandonai le mie difese e mi tuffai tra le sue braccia.

Salutai Samuel con un cenno del capo e mi feci riaccompagnare a casa da Rodrigo in motorino. Il vento in faccia sembrò calmarmi mentre nella mia testa scorrevano le sequenze delle storie che avevo ascoltato quel giorno. Non volevo tornare a casa, no, non volevo vedere mio padre.

Lo dissi a Rodrigo.

«Dormi da me!» esultò come un bambino la sera di Natale. Rimasi in silenzio a lungo.

Addormentarmi vicino a lui... sentirmi accolta, amata, accarezzata. Sarebbe stato bellissimo.

Ma qualcosa, una voce di dentro, mi arresta: *attenta, ricordati di Giorgia.*

"Forse sei tu, mamma?" pensai.

«Grazie ma... no, grazie. Preferisco di no.»

Rodrigo si fermò davanti al mio portone e mi sfilò il casco con la grazia di un attore in una commedia romantica.

«Come preferisci.»

Mi baciò di nuovo con dolcezza. Ma poi la sua bocca e le sue mani si fecero più insistenti, invasive... e io scattai indietro.

«Vado...»

«Aspetta», fece lui trattenendomi per un polso, «volevo scusarmi per ieri sera, avevo bevuto un po' troppo, sono stato un cretino. Scusa davvero.»

«Okay...»

«Okay!» replicò lui rimettendosi il casco. Se ne andò con un ultimo sorriso.

Ora ero sola di nuovo, persa nella notte.

Vagai con lo sguardo in cerca di un appiglio, qualsiasi

cosa pur di non tornare a casa, di non trovare mio padre nuovamente ubriaco, di dimenticarmi della mia vita vuota.

Ed eccola nel solito angolo. Seduta per terra davanti alla sua ciotola. La signora anziana.

E allora per solitudine, o per qualche altra ragione che non mi era chiara, mi avvicinai, e cautamente mi sedetti accanto a lei sopra i cartoni distesi per terra per difendersi dall'umidità. Lei si girò stupita, incredula. Sbatté le palpebre, come per accertarsi di essere sveglia.

«Cosa vuoi?» chiese brusca.

«Niente.»

«Se vuoi stare qui devi darmi dei soldi.»

«Non ho soldi.» Tuttavia presi la borsa che mi ero portata dietro con dentro il mio pranzo ancora intatto. Le porsi il panino arrotolato nella carta argentata. Lei inizialmente lo fissò con diffidenza, poi lo afferrò rapida e lo scartò. Quando vide il pane farcito di prosciutto, addentò avidamente.

«Sono Claudia», dissi porgendole la mano, ma lei non lasciò il panino che teneva saldamente per porgermi la sua, come per paura che io potessi ripensarci.

«E io sono affamata», rispose continuando il suo pasto vorace. Una volta finito, si leccò le dita e i contorni della bocca.

«Grazie Claudia, era tempo che non mangiavo un panino così buono. Io sono Camille.»

Rimanemmo in silenzio a fissare il cielo senza stelle.

«Potrebbe piovere...» dissi tanto per riempire il silenzio.

«Cambia poco, se piove mi bagnerò. Perché non vai a casa, tu?»

«Perché non ho una casa.»

«Non scherzare su queste cose, ragazzina, non con me.»

Abbassai lo sguardo.

«Ha ragione, io ce l'ho una casa, è una famiglia che non ho più. Se l'avessi starei qui adesso?»

«Ma che dici? Non è tuo padre quell'uomo coi baffi che vedo sempre passare? È tuo padre no?»

«Sarebbe...»

«Be', non ti basta? Un padre e un tetto. Molti non chiederebbero altro.»

«Tipo lei, Camille?»

«Certo, tipo me e tanti altri.»

«Ma tutti hanno un padre, no?»

«Mai avuto, cara, mio padre era solo lo sperma che fecondò mia madre.»

«Cioè?»

«Cioè, so solo che non si fece mai più vivo, e comunque lei non me ne parlava mai.»

«E sua madre? Non la può aiutare?»

«Ma mi vedi? Sono vecchia ormai, mia madre mi osserva ogni giorno da chissà dove, e aspetta che la raggiunga là dov'è.»

«Anche la mia. E ogni tanto vorrei proprio raggiungerla.»

«Eh no, non dire così cara! Tu sei bella, e giovane, praticamente hai tutto nella vita. Dorian Gray ha venduto l'anima al diavolo per avere ciò che hai tu adesso.»

La guardai stupita.

«Come conosce Dorian Gray?»

«Ti sembra strano, eh? Ma mica sono nata per strada io! Ero un'insegnante di italiano, un tempo. Insegnavo in un liceo in periferia, qui a Roma, a ragazzi come te. E poi? Poi ho cominciato a bere, e quando hanno tagliato i costi nella scuola in cui lavoravo, io sono stata la prima da eliminare e l'ultima che gli altri volevano. Non arrivavo a fine mese ed eccomi qui, ora è questa la mia casa», disse indicando il cartone.

Pensai a quanto era labile il confine tra una terra e l'altra. Ci voleva così poco per diventare una barbona, emarginata dal mondo? Sarebbe potuto succedere anche a me, mi chiesi, ora che non c'era nessuno a proteggermi?

«Non fare quella faccia, ragazzina. La vita è un attimo, sì. Ma tu non sei sola, sono convinta che tuo padre ti voglia bene.»

«Forse ha ragione lei, ma io... non lo so, non riesco a considerarlo mio padre, non riesco a considerarlo in generale.»

«Come fai a saperlo se nemmeno ci provi? Comunque ora ho sonno, se vuoi puoi dormire qui. Non capisco perché tu lo faccia, ma sei la benvenuta.»

«Grazie», le sorrisi. Poi la osservai appisolarsi chinando il capo sulla sua stessa spalla, la bocca leggermente aperta, gli occhi chiusi. Non capivo come potesse dormire in quella posizione. Osservai l'orologio: era quasi mezzanotte. Così anche io poggiai la testa sul muro e prima di rendermene conto sprofondai nel sonno.

Qualche ora dopo fui svegliata dal cinguettio degli uccelli, e da un clacson che rimbombava bruscamente riecheggiando per le strade. Lasciai la luce entrare a poco a poco nei miei occhi, così da abituarli a quella visione un po' sfocata. Probabilmente era molto presto, ma quando tirai su il braccio per controllare mi accorsi che l'orologio non c'era più. E neppure Camille. Mi aveva derubata.

Inizialmente sentii salire un formicolio di rabbia impotente. Ma poi lo respinsi giù. In fondo non potevo farci molto.

Così mi abbandonai di nuovo sullo scatolone, pensando a lei. Magari ora era in un bar a bere e stordirsi, e la sua triste giornata aveva ripreso colore. Per far riprendere colore alla mia sarebbe servito molto di più.

Mi alzai dolorante da terra, mi sgranchii le gambe e le braccia, mi avviai verso casa. Pensai che per un giorno mi ero svegliata esattamente come si svegliava Camille ogni mattina.

Ma io, diversamente da lei, avevo un posto dove andare, mi ero solo affacciata nel suo mondo, a pochi metri da me, dalla mia casa. Camille mi aveva dato molto più di quello che mi aveva derubato. Mi aveva aiutata a capire che lassù, nel mio «nulla», c'erano cose che non ero riuscita a vedere.

15.

Quella del sabato era la mattina che preferivo, come del resto la maggior parte degli abitanti della terra. Entrai in casa sporca e stanca. Il profumo familiare di legno e aroma di lavanda mi accolse come una coperta calda. Il soffione della doccia svettava nei miei pensieri come una bandiera d'arrivo dopo una lunga gara. Ma prima che potessi raggiungerlo, mio padre inaspettatamente mi sbarrò il passo.

«Dove pensi di andare, signorina?» chiese

«In doccia, se permetti», risposi prepotente. Ero così arrabbiata che avrei potuto travolgerlo come un cavallo imbizzarrito. O forse, in fondo al cuore, ero felice di quella incursione. Forse aspettavo solo che reagisse, che uscisse dal torpore, che guardasse me.

Mi osservò sconcertato. «Mmh, in effetti sei sporca.»

Feci per scansarlo e andare verso il bagno.

«Non così in fretta, voglio sapere da dove vieni. Dimmi dove sei stata questa notte.» Parlava senza convinzione. Sembrava recitare un copione mandato a memoria.

«A casa.»

«Non mi pare.»

«Forse eri troppo ubriaco per accorgertene!»

Ecco, gli avevo urlato contro un'altra volta la mia rabbia, non vedevo l'ora.

Correndo andai a chiudermi in bagno. Via i vestiti sporchi, giù per terra. Sotto la doccia, finalmente. Mentre l'acqua scorreva sulla pelle mi rannicchiai sul pavimento della vasca, lasciandomi coccolare dal vapore caldo. E finalmente scoppiai in un pianto feroce. Sentii le lacrime scivolare assieme all'acqua bollente sulla mia pelle arrossata dal calore. Le distinguevo in bocca, amare, salate, inesauribili. Sarei voluta rimanere lì per sempre.

Invece passai il sabato a montare il video di Civico Zero. Avevo deciso di ricostruire le storie dei ragazzi montando le interviste che avevo fatto insieme alle immagini dei paesi da cui provenivano, e alle tante altre terribili che avevo trovato in rete sui loro viaggi verso l'Italia. Volevo trasmettere le mie emozioni. Volevo che si vedesse che ogni storia era unica, diversa dalle altre, terribile ma bellissima. Volevo soprattutto che si vedesse la loro speranza...

Così cominciai a lavorare. Purtroppo il centro era chiuso nel weekend e non potevo rifugiarmi lì. Rividi uno per uno i volti concentrati dei ragazzi che mi donavano le loro storie, con un italiano un po' stentato, le mani in tasca e il cuore aperto.

Mio padre non bussò nemmeno alla porta della mia camera, e forse ora mi rendo conto che passai quel giorno ad aspettare che lo facesse, ad aspettare che cercasse almeno di recuperare quel minimo di legame tra noi. Tutto ciò che mi restava.

Speravo che mi dicesse qualcosa, che mi sgridasse, che mi chiedesse "vieni a stare con noi", "esci di lì", come faceva sempre mamma.

Non accadde.

Perché mai avrebbe dovuto farlo? Ero io che l'avevo uccisa, forse lo pensava anche lui. Il senso di colpa mi investì nuovamente tornandomi su come un conato di vomito. Ingoiai.

Quando fu sera, passai in cucina a prendere qualcosa

da mangiare. Non avevo molta voglia di uscire, così mi preparai un panino nella penombra senza accendere la luce, per paura di vederlo comparire. Da quando mamma non c'era più, a casa mia non esistevano più pasti caldi. Tutto era stato rimpiazzato da panini e cibo cinese ordinato online.

Del mollusco non c'era traccia, in cucina, e dunque tornai in camera. Il computer emise un suono, sembrò chiamarmi... un messaggio da Facebook, era di Giorgia.

Clà dove sei? Devi venire subito! Siamo a Campo. Sta succedendo un casino con Rodrigo, se non intervieni qui finisce male.

Fissai lo schermo impietrita. Cos'altro poteva essere successo?

Arriv. Per la fretta non digitai la O. Lasciai monca la parola, come del resto tante altre cose della mia vita, alla quale mancava sempre un finale.

Corsi in macchina e mi concentrai sullo scoppiettio borbottante del motore per impedirmi di pensare. Parcheggiai e corsi al centro della piazza, dove un nugolo di gente si accalcava in cerchio.

Mi balzò il cuore in gola.

Alcuni urlavano.

Non riconobbi nessuno.

Poi vidi Giorgia che tirava Giulio per un braccio mentre lui si divincolava. Mi resi conto presto che quei due erano solo il pubblico. Giulio stava tentando di impedire qualche cosa, ma non ce l'avrebbe fatta... Rodrigo era molto più massiccio, più alto, più forte.

Più violento.

Stava picchiando selvaggiamente qualcuno, un pugno stretto, il braccio teso. La maglietta bianca macchiata di sangue, tirata sui muscoli possenti. Digrignava i denti.

Ringhiava: «Sporco rumeno».

Quando vidi chi era steso sotto di lui, a prendere i suoi colpi stringendosi la testa tra le mani, mi si gelò il sangue.

«Nooo!»

Gridai no, come se potessi negare quella scena.

Un no stridulo, acuto, interminabile. Un no che arrivò fino alle orecchie di Rodrigo.

Si girò di scatto.

Gli occhi striati di un rosso intenso, demoniaci. L'espressione allucinata di chi ha consumato ben più di un bicchiere di alcol. Io mi buttai sul corpo di Samuel, che ansimava nel tentativo di riprendersi.

Rodrigo infine si scostò da lui, come si fosse ripreso da un sogno, come se la coscienza gli fosse ritornata.

Io, inginocchiata sull'asfalto, stringevo tra le braccia Samuel, come volessi proteggerlo, anche se era già finita. Aveva un labbro tagliato da cui usciva molto sangue, un occhio violaceo, una guancia gonfia. Ma per fortuna non sembrava troppo grave. Ero arrivata in tempo.

«Samuel, mi dispiace, Samuel!»

Lui rimase immobile, poi con immensa dignità si alzò da terra quasi fosse stato lì seduto a riposare. Quasi non fosse accaduto niente di particolare. Tossì, forse per liberare la voce dalla polvere dell'asfalto, e mi disse: «Ero venuto a cercarti... mi hai detto che la sera siete sempre qui... ma è evidente che ho sbagliato...».

Poi si spazzolò un po' i vestiti e se ne andò.

Lasciò la piazza senza parlarmi, lo sguardo immobile, forse terrore mascherato da indifferenza, o forse indignazione, o forse dolore.

Lo seguii con lo sguardo scomparire oltre il palazzo.

E poi...

Poi, come se un interruttore si fosse attivato all'improvviso, in me scomparvero l'ansia, la paura, lo shock. Rimase solo rabbia. Un'incontenibile rabbia. Un'alluvione.

«Pezzo di merda!» urlai girandomi verso Rodrigo.

«Pensi di essere un uomo? Sei uno schifo! Un povero pallone gonfiato schifoso! Ma come cazzo ti permetti? Ti senti superiore a lui? Tu non sopravvivresti neanche mezza giornata a vivere come ha vissuto lui! Mi fai schifo!» urlai fuori di me mentre con tutta la mia forza provavo a spintonarlo, senza riuscire quasi a spostarlo.

Lui mi guardò sbigottito, come un cagnolino preso a calci.

«Claudia, aspetta, non urlare.»

«NON URLARE?!» gridai ancora più forte.

Adesso lo spettacolo in piazza ero io. Di nuovo al centro dell'attenzione. Rabbia, rabbia, come la lava di un vulcano in eruzione. Bruciava tutto quello che c'era attorno a me. Giorgia provò ad accarezzarmi la spalla nel tentativo di farmi calmare. Ma io la scrollai di dosso e urlai: «Levati, anche tu sei come loro, puttana!».

Mi pentii un attimo dopo averlo detto. Lei mi guardò sconvolta, fece qualche passo indietro, si allontanò, decisa a scomparire. Nel frattempo Rodrigo continuava a cantilenare con quella sua voce impastata.

«Abbiamo litigato, Claudia, mi dispiace, è solo che...»

«Lo stavi per ammazzare di botte!» urlai di nuovo.

Fu allora che trovai insopportabile lo spettacolo che stavamo dando. Presi Rodrigo per un braccio e lo trascinai via con me. Non volevo che ci vedesse più nessuno.

«Perché?» gli chiesi, ancora sconvolta, ancora furibonda. Eppure più ancora di questo c'era il desiderio di capire.

«Claudia, quello ci provava con te e io...»

«Tu cosa?» urlai di nuovo. «Pensavi di risolvere tutto prendendolo a botte?»

«Magari gli passava la voglia.»

«Ma come ragioni, Rodrigo? Come?» Scossi il capo, lo guardai, dardi negli occhi. «Lui non si meritava niente di tutto questo, mai e poi mai. E comunque non ci stava provando con me. È fidanzato e molto innamorato.»

«Lo sono anche io, per questo l'ho fatto.»

«Di chi, sei innamorato? Di me? Così mi dimostreresti il tuo amore? Ma poi che amore è che... nemmeno sai chi sono... tu non sai niente, non hai capito niente di me.»

«Sono geloso.»

«Ma di cosa, Rodrigo?» Rialzai la voce. «Mi hai tolto anche l'unico posto al mondo dove mi sentivo bene. D'ora in poi non potrò più nemmeno farmi vedere a Civico, sei contento?»

Sentii un'onda di disperazione sopraffarmi e mi lasciai scivolare in terra tra i singhiozzi. Si accucciò accanto a me, e aspettò in silenzio che mi calmassi.

«Perché ci tieni tanto a Civico?» chiese.

«Non capisci, non riusciresti mai a capire.»

«Prova.»

«Per mia madre. È l'ultima cosa che mi ha chiesto, era importante per lei, ha provato a spiegarmelo e io... io, stupida, non la ascoltavo... la combattevo come una nemica, e ora non so che darei per tornare indietro...»

«Mi dispiace.»

Il suo sguardo ora sembrava perso in chissà quali pensieri.

«È colpa mia», continuai ansimando. Non riuscivo a fermarmi. «Se fossi andata a scuola, se avessi accettato di frequentare Civico, forse lei sarebbe ancora viva. Credo che quando ha avuto l'incidente mi stesse cercando, sai?»

Tentai di deglutire mentre nella mia mente riappariva lei.

«Quella mattina ti stavamo aspettando, ricordi?» chiesi con un filo di voce.

«Sì», rise di nuovo con aria superiore, «avevo dormito un po' troppo.»

«Ero lì per te.»

«Per me?»

«Me l'avevi chiesto.»

«Non ti forza nessuno a fare quello che ti chiedo.»

Nella mia mente il mondo andò in pausa. Era come la scena di un film nel quale tenti di capire la trama. Ma pian piano, nella conversazione, si srotolava. Mi illuminava i volti dei protagonisti, degli antagonisti. E io ero solo la spettatrice?

«No.» Abbassai lo sguardo. «Però mi hai convinta.»

«Ma che vuol dire? Ti rendi conto del tuo ragionamento? Che cazzo c'entro io ora se hai pisciato scuola?!» urlò. Uno scatto d'ira.

Lo fissai allibita.

«Stai calmo, non stavo dicendo...»

«Calmo un cazzo!» Lanciò per terra una bottiglia di birra. Il vetro si frantumò. Io avevo paura.

Era grosso, muscoloso, ubriaco, arrabbiato. Io ero piccola, poteva farmi male. Indietreggiai, una gazzella spaventata dal leone. Poi rividi il volto di Samuel, e di nuovo in me qualcosa si animò.

«Tu sei tutto quello che mia madre non avrebbe mai voluto.»

Mi fissò. Negli occhi un lampo, come se là sua anima fosse altrove. Pupille dilatate. Occhi da pazzo. Ma dalla sua bocca usciva solo silenzio.

«Perché ho picchiato quel mulatto? Clà, hai rotto il cazzo, sempre a difendere 'sti immigrati che ce fregano il lavoro. Non sai come va la vita tu.»

«Io non lo so?» dissi sorridendo. «Sei solo un pallone gonfiato, vivi chiuso nel tuo mondo, nel tuo quartiere tra la tua gente, ma là fuori, non sei nessuno.»

Sprezzante, la testa alta, mi voltai per andarmene. Feci qualche passo.

«Puttana», mi urlò dietro. «Valla a dare ai rumeni, non vali nemmeno quanto una troia seria.»

«Grazie, Rodrigo.» Non persi il sorriso. «Mi hai aiutato a capire tante cose. Tra queste, che mi fai proprio schifo.»

Furono le ultime parole che gli rivolsi. Per molto, molto tempo...

16.

E poi, in mio padre, qualcosa cambiò. Era trascorso un mese interminabile in quella bolla di dolore che gli succhiava ogni energia. Poi, domenica mattina, si era alzato e aveva ripreso ad andare a messa, e da allora ci era andato tutti i giorni.

Presi a osservarlo, a guardarlo con occhi diversi, più attenti, più indulgenti. Senza pregiudizi, senza odio. Mi colpiva la sua capacità di affidarsi alla fede, di combattere il dolore cercando qualcosa di profondo dentro sé. In fondo non era la stessa cosa che stava accadendo a me? Ma per me ora credere in Dio era impossibile. Quasi lo invidiai.

La sera della lite con Rodrigo, quand'ero tornata a casa, dovevo avere le sembianze di un fantasma. Spettrale, con quell'angoscia che mi scuoteva dentro, quella magrezza che mi rendeva trasparente, quasi lasciando trapelare dalle ossa il mio dolore.

Lui non dormiva. Mi stava aspettando. Non mi chiese niente. Solo: «Stai bene?».

Annuii, ma in realtà non ero lì. Mi muovevo lenta, irreale, astratta, con lo sguardo fisso nel vuoto. Mi accorsi appena che lui continuava a ripetere: «Claudia, Claudia...». Non risposi.

Corsi a seppellirmi sotto le coperte sperando di sprofondare subito nel sonno. Non ci fu verso. Avevo gli occhi sbarrati, sudavo, tremavo. Un paio di volte lui si affacciò sulla soglia, sussurrò «tutto bene?» già conoscendo la risposta, incapace di dire altro, però.

Avrei dovuto raccontargli quello che mi stava capitando?

No, meglio di no, non avrebbe mai capito. Eppure lì, guardando quella sagoma in controluce ferma sulla porta, fu come se lo vedessi per la prima volta. Mio padre, l'unico affetto che mi era rimasto al mondo. L'uomo che mi aveva cresciuta, che aveva amato mia madre più di sé stesso. Più di me.

E ora anch'io, per lui, ero tutto ciò che gli restava. Anche se ero ostile, nemica, respingente... come avrebbe potuto non amarmi?

Capii che aveva solo paura di me. Paura di affrontare un compito che si sentiva incapace di gestire. Di trovarsi a confronto con un ruolo che non era il suo.

Essere un padre.

Essere un padre senza avere più accanto mia madre, che sapeva sempre cosa fare. Essere un padre e meritarmi, meritarlo. Non ci eravamo aiutati.

Capii che per aiutarlo, per aiutarci, sarebbe bastato parlare.

Capii che avevo bisogno di qualcuno al quale raccontare tutto.

Giorgia.

Passò qualche settimana di silenzio tra noi.

Ma forse parlare era quello che serviva anche a lei. Le avevo voltato le spalle. Non avevo aiutato neanche lei.

La chiamai.

Uno squillo, due, tre... dapprima non rispose. Poi, forse per sfinimento, o forse per frustrazione...

«Cosa vuoi?» mi gelò.

«Parlare.»

«Ti ho chiesto infinite volte di parlare prima, ma tu non volevi, eri troppo presa da Rodrigo, dal tuo mondo, non potevi, non ci sei mai stata, ora perché pensi che voglia farlo io?»

«Perché so che ne hai bisogno. Ho sbagliato, Giorgia.»

Ripensai a noi a Campo de' Fiori, a lei che mi accarezzava la spalla, io che la scrollavo via come un panno sporco chiamandola puttana. Ebbi una fitta allo stomaco.

«Sì, hai sbagliato.»

«...»

«Vieni sotto casa mia.»

Scattai immediatamente.

Abitava in un palazzo antico al centro di una delle più belle piazze della città. Quando c'era il sole, la luce sembrava provenire direttamente dai palazzi o dalla statua in marmo che imponente troneggiava sulla fontana. Quel giorno una pioggia distruttiva e vorace sembrava spegnere ogni luce, spegnere anche le persone. La gente quando piove tira fuori il peggio di sé. Tutti irritati, frustrati, ostili, ansiosi, frettolosi, ad affidare ai clacson striduli e aggressivi le loro voci, i loro umori.

Giorgia mi aspettava, bagnata come una mangrovia in una foresta tropicale, radici così aggrovigliate che districarle, pensai, sarebbe stato impossibile per me.

Ci avrei provato.

«Allora?» lanciò lì, ferita, furibonda.

«Te l'ho detto, ho sbagliato, sono qui per chiederti scusa, innanzitutto.»

«Mi hai chiamata puttana davanti a tutti, non mi hai ascoltata, non hai capito che ti stavo chiedendo aiuto. In realtà mi hai sempre trattato di merda, Claudia, e io sempre dietro di te a scodinzolare. E ora che sei sola torni qua da me?»

«Non torno perché sono sola ora. Sola lo sono sempre

stata. Torno ora perché mi sono resa conto di quanto sia sola tu.»

Un poco si rasserenò. Poi si abbandonò a sedere sulle scale del portone, lasciando che l'acqua le scorresse addosso, arresa.

«Clà, che devo fare?» disse tremando. «Aiutami, non so più che cosa devo fare. Non sono arrivate, allora ieri ho fatto il test...»

Sobbalzai. Il cuore mi tremò. Cercai di nasconderle il mio shock.

«Giorgia, stai tranquilla, lo affronteremo insieme. Per prima cosa bisogna che tu lo dica a tua madre, lo sai?»

«Non posso.»

«Certo che puoi.»

«Non posso...» sussurrò, la voce sempre più sottile.

«E se glielo dicessi io?»

«No, Claudia, ti prego, non mi farebbe più entrare in casa... insomma, lei non sa niente di Giulio, non sa neppure che ho dato il primo bacio, figurati che ho fatto l'amore. Morirebbe se sapesse che sono incinta!»

Cominciò a tremare. Sempre più intensamente.

«Non posso tenerlo, ho sedici anni. Non sono pronta. È una cosa troppo grande per me. Ma ho paura, anzi sono terrorizzata. Cosa devo fare?»

«Non lo so Giorgia, non so se esiste una strada giusta e una sbagliata. Ma di una cosa sono certa: non puoi affrontare questa situazione da sola, devi dirlo a tua madre!»

«Non posso.» La voce sempre più flebile. Un sussurro appena.

Parlammo per ore, e piangemmo, e ci abbracciammo e i «non posso» si trasformarono lentamente in «come».

Infine si convinse che era l'unica cosa da fare.

Per quanto potesse essere duro affrontare sua madre, ferirla, deluderla, o farla infuriare, era anche l'unica che avrebbe saputo cosa fare. Aveva il diritto di saperlo. Le chiesi se l'avesse già detto anche a Giulio.

«No!»

Stavolta gridò.

«La cosa non lo riguarda. Cosa vuoi che gliene importi che io sono incinta, a uno così?»

Pensai che sbagliasse a tenerlo fuori. Che Giulio c'era dentro esattamente quanto lei. Ma non ero sicura che fosse giusto informarlo. Certo, sarebbe stato giusto che si rendesse conto dei danni che aveva fatto, che si assumesse le sue responsabilità. Ma ero terrorizzata dall'idea della sua reazione, dell'impatto che questa avrebbe avuto su Giorgia, della paura che tutto potesse rendere la cosa ancora più devastante per lei.

Decidemmo di aspettare.

Quando la lasciai ero un po' più serena: almeno ero riuscita ad aiutare qualcuno; a intervenire nel corso degli eventi, di una vita, forse di due.

Dietro le nuvole scure che dominavano la città spuntò il sole. Io respiravo avidamente la luce e il calore come una lucertola stanca del freddo.

Così, lentamente, verso casa, ma poi improvvisamente mi fermai.

Mi fulminò un pensiero.

Non avevo ancora finito...

17.

Trascorsi giorni interi a pensarci, ma non potevo più rimandare.

Mi restava un'altra cosa da fare.

Parcheggiai in fretta, l'auto sbilenca sul bordo del marciapiede, e scesi per citofonare.

Cercai il nome: Giuliani.

Digitai lentamente, come toccassi un ferro rovente, spaventata.

«Chi è?» Una voce un po' rauca.

Dissi chi ero.

Poi più nulla.

Attesi, col cuore in gola, attesi... niente. Sconfitta. Rifiutata. Mi allontanai. Non voleva più avere a che fare con me. Era giusto. Me l'ero meritato...

E poi un rumore alle mie spalle. Il clangore del metallo del portone. Mi girai di scatto.

La vidi comparire davanti a me, tonda, sfibrata dal grasso, ma con il sorriso smagliante di sempre: Carlotta.

Sorrisi al suo sorriso, e mi sembrò di ritrovare lo sguardo di quando sorridere veniva ancora naturale.

Mi guardò sbalordita.

«Claudia...» Tentennava. Non sapeva cosa aspettarsi.

«Ciao, Carlotta, come stai?»

Solo allora sembrò rilassarsi. Le vidi sciogliersi negli occhi la paura che fossi andata lì con intenzioni ostili. Aveva intuito che invece il mio era un tentativo di recuperare un po' di quello che avevo perso in questi anni. Ciò che le avevo tolto. Ciò di cui avevo privato tutt'e due.

Mi venne incontro e mi abbracciò. Grande. Morbida. Soffocante. Mi tolse il fiato. Rimasi sopraffatta.

«Ti va di andarci a prendere un caffè?» le chiesi.

«Sì...»

A piedi ci incamminammo verso un bar.

Ci sedemmo a un tavolo.

«Ti devo delle scuse.»

«Non mi devi niente.»

«Immagino come puoi esserti sentita, certi ragazzi sono degli stronzi.»

«Certi ragazzi...?»

«Noi ragazzi... e pure io... io quanto gli altri.»

Non mi contraddisse.

Sospirò: «Ci siamo allontanate. Ma è normale. Come posso biasimarti? Chi non si allontanerebbe da me?».

«Non dire così, Carlotta. Tu sei stata l'unica vera amica che io abbia mai avuto.»

«Sì, me lo ricordo. Ma poi ho cambiato scuola e quando ti chiamavo non mi rispondevi mai. Eri distante, presa dai tuoi nuovi amici di cui non ero parte.»

«Forse sì, mi sono successe tante cose... ero una persona diversa.»

«Tipo?»

Ecco, non so per quale ragione, ma fu allora che decisi di abbattere ogni fortificazione dietro la quale era nascosto il mio cuore. Decisi di aprirlo. Forse il raggio che illuminava il nostro tavolo. Forse il tempo che sembrava non essere passato... Noi due, Claudia e Carlotta, come allora.

Le raccontai tutto, dall'inizio, dalla prima Claudia, quella che lei aveva conosciuto così bene. Da quella ragazza insicura e spaventata. Di quella mia ossessione per l'estetica di quando mi sentivo brutta come si sentiva lei ora. E poi il cambiamento, avvicinata dai ragazzi, avvolta da quel giro senza fine. In tondo giravamo, in quella cerchia chiusa, e non vedevo più niente al di fuori.

Mia madre.

Sgranai ogni ricordo che avevo di lei, le nostre liti, il mio egoismo, il suo amore...

E poi mio padre.

Le sue assenze, le sue incapacità. I miei rancori. E Rodrigo, e Samuel, e Civico...

Solo a lei, dopo anni di silenzio, riuscii a raccontare ogni cosa di me, rovesciandole addosso un fiume di emozioni.

«Mi dispiace tanto, Claudia, che la tua mamma se ne sia andata. Le volevo bene...»

«Mamma non è andata da nessuna parte, Carlotta. Mamma è morta!»

Era morta e basta.

Non sopportavo più di sminuire, di non chiamare le cose con il loro nome. Volevo guardare in faccia il mio dolore. Mia madre non era partita. Non era andata in montagna o in un paese esotico o chissà dove. Mia madre era morta. E non l'avrei rivista mai più. Eppure non se n'era andata. Lei non lo avrebbe mai fatto. Mia madre era con me.

Carlotta annuì e abbassò gli occhi.

«Morta. Forse è la prima volta che lo dico. Forse sto cominciando ad accettarlo. È stata una fatalità. Qualcuno è sbandato, l'ha presa in pieno.»

«Ma non sai chi possa essere stato?» chiese.

«Non ne ho la minima idea. Ma non lo voglio sapere.»

«Come no? Qualcuno ha ucciso tua madre.»

«L'ho uccisa io e basta. Se quel giorno fossi andata a scuola...»

«Smettila. Non si vive nei se, a scuola non ci sei andata e basta. Ma sarebbe successo comunque.»

«Non credo.»

«Io invece credo nel destino, nelle fatalità.»

La guardai, perplessa, esitante.

«Ora non saresti come sei, vero?» aggiunse. «Avresti solo continuato a combatterla.»

Riflettei su quello che stava dicendo. E se fosse rimasta in vita, sarei andata a Civico, avrei litigato con Rodrigo, sarei andata a parlare con Giorgia e Carlotta?

«No» era la risposta, che dissi ad alta voce senza accorgermene. Lei sorrise, come se avesse letto nella mia mente.

«E con Samuel? Com'è finita?» chiese.

Fissai il vuoto con un sorriso prima di rispondere, tentando di formulare un riepilogo.

«Stavo troppo male all'idea di quello che era successo. Ho passato un po' di giorni a chiedermi come stesse. Volevo tornare a Civico... avevo paura, però. Di essere rifiutata. Sgridata, respinta. Per me quel posto è come se fosse una parte di mia madre. Però ci tornai comunque. Lo dovevo rivedere Samuel, chiedergli scusa.»

«E l'hai fatto?»

«Non è stato necessario. È incredibile, no?

«Quando sono arrivata a Civico mi sono resa conto che nessuno sapeva niente di quello che era accaduto. Poi ho visto Samuel, un livido blu ancora gli incorniciava l'occhio destro, una piccola crosta gli increspava il labbro.

«"Perdonami", imploravo dentro di me.

«E lui ha letto sul mio volto le parole che non riuscivo a pronuciare.

«Non ci siamo nemmeno parlati. Non ce n'è stato bisogno. Mi ha guardato, si è avvicinato e... ha sorriso.

«E allora anch'io ho sorriso per mascherare gli occhi umidi. E così abbiamo ripreso il lavoro da dove l'avevamo interrotto.

«Lui ha perdonato, lui che non si meriterebbe niente di quello che ha passato nella vita, niente...»

Carlotta mi sembrò colpita, quasi illuminata. Non c'erano commenti per una storia come quella di Samuel, nessuna frase sarebbe sembrata adeguata. Poi d'un tratto il suo volto pieno di luce si irrigidì. Un ricordo, di passaggio, si era fermato sul sole.

«L'ho visto Rodrigo, sai?» si inserì lei.

«Lo conosci?»

«Claudia, chi non lo conosce, a scuola mia non si parla d'altro.»

Feci un sorriso. Era così anche da me. Che stupide noi ragazzine, bastava un bel sorriso...

«Dove l'hai visto?»

«Ecco... due giorni fa... stava entrando in un centro di recupero.»

«Di recupero?» chiesi stupefatta.

«Per alcolisti, fanno una sezione terapeutica di gruppo il mercoledì.»

Rodrigo aveva deciso di cambiare? Rimasi allibita. Smettere con l'alcol per lui sarebbe stato un grande cambiamento. Ma poi in me si formulò un'altra domanda.

«Ma tu che ci facevi là?»

Scoppiò a ridere.

«No, io non sono un'alcolista, tranquilla! Ero là per parlare con una psicologa che lavora al centro.»

«Perché?»

«Okay, vuoi conoscere la mia di storia? Vuoi sapere perché ho cominciato a mangiare, mangiare, come non bastasse mai? Di cosa volevo punirmi?»

Ovviamente non aspettò la mia risposta.

Cominciò.

«L'ho fatto per paura, Claudia. Dopo aver cambiato scuola mi sentivo sola, non avevo più te. Mi mancavi tanto.»

Anche lei, pensai. Più di quanto non volessi rivelarlo anche a me stessa.

Continuò: «Ero ancora molto magra. Mi stava cominciando a crescere il seno e... insomma, per la mia età ero già una piccola donna... ero carina».

Frugò nella memoria per ritrovare la sua immagine di allora.

«Però, Claudia, nonostante questo non avevo amici, ero e sono un po' timida, lo sai. C'era una sola persona che mi accoglieva a scuola e che mi apprezzava, mi gratificava, non mi faceva sentire mai isolata: l'insegnante di italiano, pensa un po'. Si chiamava professor Scagliano, un uomo alto, un po' stempiato, coltissimo, il nostro idolo. Mi diceva che ero la più brava. Mi dedicava molte attenzioni. Finché... non diventarono troppe. Cominciò a chiedermi di rimanere dopo le lezioni.»

Carlotta arrossì. Distolse lo sguardo dirottandolo sul nulla. Riprese a raccontare.

«Io mi sentivo onorata dal fatto che tra tutti gli studenti volesse parlare proprio con me. Mi chiedeva commenti sulla classe. Poi un giorno cominciai a sentirlo vicino, troppo vicino... Era l'insegnante. Io avevo undici anni. Non pensavo potesse esserci niente di sbagliato... non pensavo.»

Le misi una mano sulla spalla mentre giocava istericamente con un tovagliolo di carta sul tavolo.

«Me ne resi conto dopo. Quando cominciai a sentire le sue mani che si insinuavano... quando cominciai a sentirmi sporca... dentro.»

Lacrime nei suoi occhi.

«Io... non sono stata più la stessa. Mai più.»

Lacrime anche nei miei.

Le strinsi una mano. Lei mi guardò.

«E così eccomi qui, una balena, così mi chiamate voi, no? Non l'ho denunciato, né l'ho detto ai miei. Me lo sono tenuto per me stessa, e mi sono rifugiata nel cibo. Sono ingrassata, perché così sarei stata sicura che nessuno mi avrebbe più desiderata. Che non avrei mai più dovuto subire quello che ho subito. Mi sono trasformata in una palla che sarebbe rimbalzata su tutti, o che tutti avrebbero fatto rimbalzare altrove.»

«Ma sei ancora in tempo per denunciarlo!»

«No, io no, Claudia. So che dopo di me c'è stata un'altra, hanno cominciato a girare delle voci, e quando si è reso conto di trovarsi davanti a un possibile scandalo, è scappato. Nessuno dei miei compagni di allora l'ha mai più visto. Dicono che abbia cambiato città. E magari da qualche altra parte starà facendo la stessa cosa.»

Ora un silenzio infinito.

«Mi dispiace tanto, Carlotta... mi dispiace di non esserti stata vicina... forse non sarebbe successo...»

«Non è colpa tua, Claudia. È successo tempo fa e ormai sono così. Quello che voglio dirti però è che devi smetterla di circondarti di persone così vuote, così distanti da te. Io non ho mai avuto il coraggio di prendere posizioni nella mia vita. Di rifiutare. Di denunciare. Di rispettare me stessa. Tu sì, tu puoi! Non è stata colpa tua se tua madre è morta, ma pensa a quanto ti ha lasciato prima di morire...»

Parole come punte di coltello. Entrarono, scavarono, ferirono... Rimasero a risuonarmi dentro come un grido di dolore.

E poi furono proprio le mie amiche a insegnarmi il coraggio. Giorgia mi stava sempre accanto, appiccicata addosso come se non esistesse nessun porto sicuro al di fuori di me. Ogni tanto, durante gli intervalli, mi trascinava in un luogo appartato e si metteva a piangere. Ma poi, come fosse stato un colpo di tosse, smetteva, si riprendeva, andava in bagno, si sistemava il trucco e tornava in classe. Giulio la guardava con insistenza senza avvicinarsi. Aveva paura, quel vigliacco! Ogni giorno così: lui la vedeva piangere, singhiozzare, smaniare e ricomporsi. La vedeva fuori di testa. Tutti capivano che nascondeva qualcosa. E Giulio, anche per questo, si teneva a distanza da lei.

Poi un giorno mi corse incontro correndo e si tuffò tra le mie braccia.

Era commossa, trafelata.

«Gliel'ho detto, Claudia, l'ho detto a mia madre.»

Finalmente. Una ventata di sollievo.

«Si è arrabbiata, ha pianto, ma poi mi ha abbracciato e mi ha detto che adesso affronteremo tutto insieme. Ancora non so cosa voglio fare, Claudia, ma mi sento più forte adesso.»

L'abbracciai forte, incurante degli sguardi intorno a noi, e mi sentii più forte anch'io...

E poi mi chiamò Carlotta. Era sabato mattina, mi offrii subito di accompagnarla. La passai a prendere in macchinetta, anche se la distanza era di pochi metri mi tremavano le gambe...

Il commissariato aveva una porta verde smeraldo: forse al di là c'era davvero un benvenuto, l'ingresso nella serenità.

Ci accolse un uomo corpulento e barbuto in uniforme.

«Buongiorno signorine», ci salutò composto e premuroso.

«Buongiorno.»

«Come posso aiutarvi?»

«Vorremmo sporgere denuncia.»

«A carico di chi?» chiese scrivendo.

Carlotta chiuse gli occhi, prese fiato...

Poi parlò.

«Del mio... del mio... del mio insegnante di italiano. Professor Giuseppe Scagliano. Si tratta di molestie...»

Gli raccontammo tutta la storia, dall'inizio. Quello che aveva fatto a Carlotta.

Trascorremmo così tutta la mattinata. Carlotta ripeteva e ripeteva la sua storia. Furono chiamati i suoi genitori, che piansero, la carezzarono, la strinsero a sé.

Parlò, riempì verbali con un altro poliziotto dall'aria severa e autoritaria, poi un'assistente sociale, poi un'altra donna, un giovane magistrato che decise di aprire le indagini.

18.

Tutto sembrava piano piano riprendere la giusta forma. Come i miei pensieri. Come le mie emozioni. E poi un giorno è arrivato un messaggio di Giancarlo. Proprio nel momento giusto, come sempre. Mi aveva scritto di vederci e così ho accettato. In centro, in quel bar sconosciuto e semplice che stava alla fine di una strada di sanpietrini. Quello con gli ombrelloni color panna che a malapena entravano nel vicolo stretto, ma che sembravano donare luce.

«Giancarlo!» esclamai quando lo vidi lì seduto, perso nei suoi pensieri. Si illuminò.

«Eccoti!»

Mi sedetti.

«Allora? Come stai?» chiese.

«Meglio, molto meglio.»

«Lo vedo.» Quel solito sorrisino, quello sguardo che parlava oltre. Sembrava soddisfatto.

«Tu?»

«Io bene. Ma in realtà c'è una cosa che volevo dirti. Ho deciso di partire, Claudia; andrò per qualche mese in un liceo spagnolo, a Madrid.»

Sgomento. Un altro abbandono.

«Come a Madrid? A fare che cosa?»

«È una specie di Erasmus, un gemellaggio con la nostra

scuola offerto agli studenti migliori. I miei insistevano da un po' ma io non volevo saperne. Poi mi è venuta voglia di cambiare aria.»

Non potevo non capirlo, anzi invidiarlo.

«E io?» chiesi con la voce che già si incrinava. «Non ci vedremo più?»

«Ma certo che ci vedremo, Claudia, sai quanto passano presto tre mesi? E poi, sono quasi l'unico che ha il tuo numero, no?»

Sorrisi, cercando di contrastare la paura di perderlo.

Poi ci fu un lungo silenzio, di quelli un po' imbarazzati un po' complici. Ma c'era ancora qualcosa di strano in lui, come se non avesse finito, se avesse la gola bloccata da frasi che non riusciva a formulare. Ma le avrebbe tirate fuori a poco a poco, lo conoscevo.

«Facciamo una passeggiata, ti va?»

"Eccolo là", pensai, "ora escono."

Ci alzammo e pian piano, ondeggiando, cominciammo a camminare. A fissare i palazzi, il cielo, le finestre con i vasi di fiori. Tutto tranne che gli occhi dell'altro.

«Sai, c'è un'altra cosa che volevo dirti… insomma… vedo dei cambiamenti in te… cioè, vedo di nuovo quella ragazzina che ho conosciuto tanti anni fa.»

Insisteva nel torturare l'estremità della felpa. Era nervosissimo. Un sorrisino, uno sbuffo, ora guardava per terra.

«Ti ricordi quando giocavamo a calcio e tu mi battevi sempre? Non so cosa ti sia successo, ma io ero perso di quella ragazzina. E poi ho continuato a vederla riflessa, al centro dei tuoi occhi, anche se coperti da tutto quel trucco. Mi sono ostinato per anni a credere che fossi ancora così, quel maschiaccio semplice, uguale a me, e tu ti comportavi in maniera completamente diversa e…»

«Lo so», lo interruppi. Mi fissò in cerca di spiegazioni.

«Me ne rendo conto, ho fatto tante cazzate. Prima mi vedevo brutta e pensavo contasse solo quello, guardavo le ragazze più grandi, dell'ultimo anno, e volevo solo essere come loro. Ora ... be', so che sbagliavo. Tu hai provato a dirmelo. Ma è dovuta morire mia madre per farmelo capire.»

Si impietrì.

«Mi dispiace tanto per lei...»

«Anche a me.»

«Sei forte, Claudia, lo sei sempre stata.»

Annuii un po' rattristata.

«Ma ora, prima di partire volevo fare un'ultima cosa, che se non faccio ora rimpiangerò per sempre di non aver fatto.»

E poi quel suo sguardo divenne più intenso, ma non si staccò un attimo dal mio. Fece un passo avanti, mi mise una mano sul viso, e mi baciò.

Un bacio leggero, dolce, innocente. Mi teneva come una statuetta di porcellana, come se avesse paura che potessi scivolargli via e rompermi per strada. Ma rimasi ferma, lo lasciai fare, mentre le sue labbra, lisce, si accostavano alle mie.

Ci mise un po' a staccarsi. Forse voleva godersi di più il momento, forse invece non avrebbe saputo più cosa dire. Però a un certo punto finì. Come tutto del resto.

Sorrisi e lo guardai negli occhi.

Come quell'estate al mare, ma stavolta non ce l'avrei fatta a dargli uno schiaffo.

«Scusami, ma dovevo farlo.»

«Quell'estate non ti è andata giù eh?»

«Proprio no!» Scoppiammo a ridere. Non eravamo imbarazzati. Era chiaro che non sarebbe nata una storia. Ma quel bacio stava là, tra i momenti che dovevano accadere prima o poi.

Parlammo un altro po' del più e del meno. Poi mi accompagnò alla macchina e prima di andare mi abbracciò forte. Mi sentii quasi stritolata.

«Ciao», disse, e poi aggiunse con un sussurro: «piccolo mostro».

Rimasi sotto casa a godermi quegli attimi. Era dalle medie che nessuno mi chiamava così. E avevo sofferto da morire. Che stupida che ero stata: di fatto, i veri mostri non sono sempre brutti.

19.

Sono già passati due anni. Un soffio.

La settimana scorsa ho finalmente compiuto diciott'anni. Ora non devo più sopportare l'acido squittio di quella macchinetta pronta a cadere a pezzi, ho la patente. Anche se poi ogni volta che salgo sulla Smart di mio padre mi sento troppo piccola.

In questi due anni mi sono allontanata da loro, da tutti quelli che definivo amici. Giancarlo e Giorgia erano gli unici che mi erano rimasti accanto. Ormai, dopo tutto questo tempo e quel bacio rubato, avevo capito che il destino per me e lui aveva scelto un'amicizia. Profonda, vera, insostituibile. Sicuramente la più importante della mia vita. Non che gli altri non li vedessi più, a scuola era inevitabile. Ma il mio tempo lo passavo diversamente ora. Aveva valore ora.

Erano già un paio di settimane che fissavo quei fogli. Erano chiusi in una cartellina bianca, triste. Erano là da mesi, sembravano sfidarmi tutti i giorni. Mio padre li teneva sulla mensola dell'ingresso, come quei vasi di ceramica che contengono le ceneri dei morti. Ostili, malinconici. Guardandoli rabbrividivo, e sviavo subito lo sguardo in un'altra direzione.

I verbali dell'incidente.

In quella cartellina, su quei fogli, c'erano tutti i dettagli raccolti dalla polizia sull'assassino di mia madre. Ma non li avevo mai guardati, quello no.

Io non volevo sapere.

Non volevo immaginarmi lei mentre moriva.

Non volevo avere nessuna informazione sul colpevole.

Il colpevole.

Quello di cui non mi ero chiesta niente, mai.

Cosa me ne importava del colpevole?

Non c'era un vero colpevole, nella mia testa. Quell'uomo non era nient'altro che un fantasma capitato per caso sulla nostra strada. L'unica vera colpevole della morte di mia madre ero io.

Per questo non avevo mai voluto aprire quella cartellina. E tuttavia decisi che prima dei miei diciotto anni avrei dovuto farlo.

Avrei dovuto sapere tutto quello che c'era da sapere.

Sapere com'era morta.

Sapere quando, dove, perché.

Il giorno prima del mio compleanno, presi in mano la cartellina bianca con l'intestazione «Questura di Roma». La guardai a lungo. C'era stampata sopra lei, prima il cognome e poi il nome, come a scuola. Provai un piccolo moto interiore di rivolta… avrebbero dovuto nominarla con più rispetto. Lei non era un numero. Non era una qualunque. Era mia madre.

Aprii la cartellina con cautela. Subito la richiusi e la rimisi giù come se scottasse, poi la ripresi in mano un'altra volta. Il cuore che batteva. Le gambe che tremavano.

E lo feci.

Cominciai a leggere. Vorace. Decisa. Data, ora, luogo. Mi soffermai sul luogo.

Via Annia Faustina, Aventino.

Che cosa ci faceva lì?

Ci abitavano alcuni miei amici, lì.

Per un istante, sospesi la lettura.

Pensieri neri.

Magari qualcuno di loro, in quel momento, era vicino al luogo dell'incidente? Magari qualcuno aveva visto, ma era passato oltre, senza guardare, o magari conosceva l'assassino...

L'assassino.

Per la prima volta pensai a lui come a un essere umano, uno che camminava, mangiava, dormiva, come me.

Smisi di vagare tra le mie fantasie lugubri, continuai a leggere.

Descrizione del conducente riportata dall'unico testimone: giovane, capelli castani, costituzione robusta, maglietta rossa.

Veicolo: fuori strada grigio.

Un secondo di assenza, dai dintorni, da me stessa.

Maglietta rossa.

Fuori strada grigio.

Un flash veloce di quel giorno... Lo stavo aspettando davanti alla scuola.

Maglietta rossa, pensai che gli stava proprio bene.

Lui affannato, agitato.

Una piccola ferita sulla fronte, eccolo, ha fatto a botte un'altra volta.

Lui in ritardo di ore.

«Ma ho preso la macchina di mamma...»

L'auto di sua madre.

Una jeep grigia.

Vuoto.

No, non poteva essere, erano tutte coincidenze.

Non proprio Rodrigo, tra milioni di automobilisti.

Non poteva, non doveva essere.

Non avrebbe avuto alcun senso.

Rilessi più volte il verbale, troppe per contarle.

Coincidenze, solo coincidenze, continuavo a ripetere come in una ninna nanna, per rassicurarmi.

Eppure... l'Aventino.

Ma non era lì che abitava Rodrigo?

Dentro pian piano mi si spalancò un abisso, l'oceano di dolore che tentavo di respingere mi stava di nuovo sommergendo. Lacrime dal viso scivolarono sui fogli, macchiandoli. Chiusi il fascicolo di scatto, adesso basta. Rodrigo non era più parte della mia vita, non poteva più farmi del male. Rodrigo non poteva essere il colpevole. Il destino sarebbe stato troppo perfido con me.

Ma dovevo sapere, chiarire, questo sì.

20.

Il suo numero era ancora sul mio cellulare.

Devo vederti, ora! Claudia.

Firmai il messaggio, perché magari lui, invece, poteva avermi cancellata dal suo.

Mi rispose subito.

Gli chiesi di vederci in un piccolo parco defilato.

Non volevo che mi offrisse da bere.

Non volevo nessun gesto di amicizia, di premura, di intimità.

Non volevo nessuno, attorno a noi.

Non volevo nemmeno sedermi assieme a lui.

Quando mi venne incontro, infatti, rimanemmo in piedi.

Mi sorpresi della mia stessa indifferenza.

Come avevo potuto innamorarmi di quel ragazzo che si portava in giro la sua abbronzatura, i suoi muscoli, i suoi abiti griffati come monumenti alla sua immagine, e ora sembrava perduto nel suo stesso sguardo vuoto?

Mi sorrise, tentando di recuperare una malizia che mi sembrò ridicola, grottesca. Voleva sedurmi. Se non fossi stata così piena di ansia, di pianto, ne avrei riso.

«Come stai, Claudia?»

Gli risposi sbrigativa, brusca, con una domanda.

«Credi di poter essere sincero? È importante, per me.»

Continuò con quel sorriso fisso che doveva sembrargli

irresistibile. Sembrò sicuro che fossi tornata per parlargli di noi due.

«Ma certo. Per te tutto», ammiccò.

Mi ero proposta di prenderla alla larga, di restare calma, ma...

«Tu... Sei stato tu?» Quasi gridavo.

«Sei stato tu... cosa?»

«Quel giorno, a scuola, sei arrivato tardissimo... eri agitato... avevi una maglietta rossa... un taglio sulla fronte... avevi la jeep grigia di tua madre. Tutto è accaduto in quelle ore... tutto è accaduto vicino a casa tua.» Enumerai gli indizi con la freddezza di un investigatore, sperando non si sentissero tutti quei battiti che mi pareva risuonassero dal cuore come il rullo di un tamburo.

Rodrigo impallidì sotto l'abbronzatura. Mi parve che cominciasse un po' a tremare...

«E allora?» Guardò altrove. «Tutto cosa? Di cosa stai parlando? Che vuoi dire?» balbettò.

«Tutto: la morte di mia madre. Ogni dettaglio, nella descrizione dell'investitore... ogni dettaglio... corrisponde a te.» Il pianto che trattenevo in gola sgorgò fuori come uno zampillo di fontana. All'improvviso.

Lui paralizzato, ostile, lo sguardo che vagava in ogni direzione pur di non posarsi nei miei occhi, le gambe quasi già slanciate nella fuga.

«Che cazzo vuoi, Claudia? Che cazzo dici? Tu sei fuori. Sparisci. Io me ne torno a casa. Fatti curare.» Gelido, aggressivo. Poi si voltò, scattò via per andarsene.

Gridai, singhiozzando, alle sue spalle. «Fermati... dimmi la verità... non mi costringere a denunciarti alla polizia...»

Si fermò, continuando a darmi le spalle.

«Capisci che non posso rimanere con questo dubbio? Capisci che devo andare fino in fondo? Capiscimi, Rodrigo, ti prego. E forse io proverò a capire te.»

Si voltò. Tornò indietro. Cominciò a torturarsi le mani, lo sguardo fisso sull'intreccio nervoso delle dita.

«Lei... È stata lei», disse con un soffio di voce, come se avesse perduto ogni energia.

Io muta. Smisi di muovermi, di respirare. Attesi che continuasse a parlare come si attende una condanna a morte.

«Non doveva venire, non doveva... E io non avrei voluto, non avrei voluto mai.»

Cominciò a piangere, mi sembrò un bambino stupido, colpevole, egoista.

Mi rovesciò addosso tutte le sequenze come una cascata di dolore, tra un singhiozzo e l'altro.

«Citofonò... dormivo ancora... La filippina disse "c'è una signora che ti vuol parlare". Scesi... Mi disse "Claudia è sparita". Mi disse "tu sai dov'è, vero?!". Era furibonda. Mi disse che eravamo tutti un mucchio di viziati disgraziati, e che stavamo rovinando te... Piangeva.»

Piangeva, mamma piangeva. Come me, come lui, come tutti. Mi sembrò non ci fosse che pianto, in tutto il mondo. Mamma piangeva per me.

«Le dissi "non so niente, io, che c'entro, che vuole da me. Se sua figlia vuol fare la troia la colpa non è mia". Mi minacciò: "adesso vado a scuola a denunciarti alla preside. Le dico che state plagiando mia figlia, le chiedo di sospenderti"... Saltò in auto. Le gridai di fermarsi, lei niente... Urlò, disse che avrebbe cercato di farmi bocciare, così avrei avuto modo di diventare più maturo... così non avrei avuto più a che fare con te.»

Ecco, ora la riconobbi, mamma, una leonessa. Lottava per me.

Ora Rodrigo sembrava arreso, sconfitto, parlava pianissimo, quasi sperasse che io non riuscissi a sentirlo.

«La macchina di mia madre era parcheggiata davanti al portone. Ci saltai sopra. La inseguii.

«Cercai di superarla per fermarla.

«Volevo costringerla ad accostare, ad ascoltarmi...

«Spinsi al massimo l'acceleratore, poi vidi la strada che si stringeva... ma andavo troppo veloce... la macchina sbandò... tentai di frenare... ma sentii un terribile urto sulla fiancata e la mia testa che urtava contro il volante.

«Allora mi prese il panico... non mi girai a guardare... pensai solo a scappare più lontano che potevo... perdonami, Claudia, cerca di capire...»

Capire? Lo guardai con odio. Ormai piangeva forte.

«Io, io... Mio padre mi aveva promesso che se mi promuovevano mi avrebbe regalato la Porsche. La Porsche, capisci? Il sogno di tutta la mia vita.»

Capisci, Claudia? Il sogno di tutta la sua vita...

Mi guardava come se non potessi non capire, come se in gioco ci fossero i destini del mondo intero.

Ebbi pietà di lui.

Era perduto.

E lo ero anch'io.

Perduta nel nulla in compagnia dei miei sensi di colpa, che sarebbero durati per tutta la vita.

Mia madre era morta per una Porsche. Mia madre era morta per me.

Guardai il vuoto, mi parve di toccarlo con le mani.

E poi parlai a me stessa, a bassa voce, e pronunciai la mia sentenza di condanna.

«L'abbiamo uccisa in due.»

21.

Passai giorni a fissare il soffitto della mia stanza, nella testa un'unica domanda: cosa devo fare? Cosa è giusto?

Poi cercai di dimenticarmi per un po' di Rodrigo.

Avevo un'altra missione a breve che colmava ogni mio pensiero.

Così mi armai di coraggio e arrivai fino a Fiumicino. Andavo a prenderla.

Mi era costato così tanto farla arrivare fino a qui. Tanta fatica, tanto lavoro, tante complicazioni... ma ora finalmente stava arrivando.

L'attesi al varco degli arrivi. Intorno a me volti che aspettavano, esitanti, emozionati, euforici o impauriti. Mi piaceva stare lì, nella zona di attesa, mi sentivo al cinema. Guardavo la vita. Fantasticavo.

Una signora anziana che teneva per mano un bambino faceva scorrere lo sguardo come uno scanner sui passeggeri appena arrivati. Passava ansiosamente di viso in viso, fino a fermarsi su quello di una donna giovane e alta con una grossa sacca gialla. Il bambino urlò «mamma» e le saltò al collo, lei aveva le guance rosse e lo stringeva forte.

Un signore con i baffi scuri. Un giovane era lì ad attenderlo. Si baciarono con passione, e mano nella mano si avviarono verso l'uscita incuranti del mondo intorno a loro.

Una ragazza sperduta, con i capelli raccolti in una lunga treccia. Incerta, spaurita. Si guardava intorno, lo sguardo interrogativo pareva cercare aiuto e istruzioni in chiunque incontrasse. Abiti usurati, stropicciati. Dai pantaloni larghi e sformati sbucavano sandali marroni, non proprio adatti al clima.

Era lei. Lo capii subito.

«Cassandra!» urlai sventolando entrambe le braccia nella sua direzione.

Lei mi scrutò stringendo gli occhi a fessura per mettermi a fuoco tra la folla. Poi mi si avvicinò esitante.

«Cassandra, finalmente, ciao, sono Claudia, piacere!» dissi tendendole la mano.

«Claudia!» si emozionò lei, mentre il volto le si allargava in un sorriso raggiante.

Era bellissima.

Le presi il bagaglio senza fatica: un minuscolo zainetto, niente più. La scortai fino alla macchina. Le aprii lo sportello come a una principessa. Poi sfrecciammo via.

Cassandra sembrava caduta da Marte. Analizzava ogni dettaglio, le strade, i cartelloni delle pubblicità, la macchina con il lettore CD, come se fossero stati portati lì da un sortilegio.

«Grazie, Claudia, grazie!» disse poi agganciando il mio sguardo.

«Ma figurati» risposi lusingata. «Lui ti sta aspettando. Ora pensa solo a questo!»

Un leggero rossore, negli occhi il bagliore dell'attesa.

Parlava bene inglese. Mi raccontò della sua vita. Parlammo del suo paese, della sua famiglia. Mi raccontò della sorella, che si era sposata da poco, anche se il marito la picchiava tutti i giorni. Mi parlò della prima volta che aveva visto lui, dei progetti che avevano fatto insieme. Mi disse che speravano di vivere insieme per il resto della vita. Era così entusiasta, ogni parola piena di aspettative, carica di speranze. Eccolo, era quello il nuovo orizzonte che sembrava attenderla. Era raggiante.

«Tu, vinto?» chiese in un italiano incerto.

«Sì, il concorso!» dissi, ma poi ripresi in inglese, considerato il suo sguardo confuso. Le spiegai tutto. Era avvenuto un paio di mesi prima. Avevo mandato a un concorso il video su cui avevo lavorato con Samuel, raccogliendo testimonianze e traducendo in italiano le storie dei ragazzi di Civico, e avevo vinto.

«Quanto?» chiese lei tentennante sul significato di ciò che aveva detto.

«Quanto?» ripetei io perplessa.

«Quanto vinto?»

«Ah, questo non importa, abbastanza per farti arrivare fino qui», dissi io, poi ripetei «*enough*», così da essere sicura che avesse capito. E di nuovo quel volto fresco sembrò illuminare un po' anche me.

Arrivammo. Parcheggiai lontano dall'ingresso, volevo godermi la scena. Così scendemmo e girammo l'angolo. Lui era lì, dall'altra parte della strada, a fissare speranzoso ogni macchina che arrivava. Sembrava un cagnolino in attesa del padrone. Poi ci vide.

Davanti a Civico, lo sguardo di Samuel passò da Cassandra a me, e di nuovo a lei. Aveva un'aria stordita. Sembrava in trance. Attraversammo e dovetti strattonarla per evitare che ci investissero: non vedeva altro che lui. Rimasero a fissarsi senza dire niente. Occhi negli occhi. Estranei al mondo. Incantati l'uno dall'altro. Lui tremava e gli occhi di lei si inumidivano. Il silenzio diventò irreale. Così lungo che per un attimo mi venne il dubbio di aver sbagliato Cassandra, di aver preso la ragazza sbagliata in aeroporto, anzi, di aver addirittura pagato il viaggio alla persona sbagliata. Poi lui disse qualcosa in rumeno, la voce bassa, tremante, un sussurro... e gli occhi velati si sciolsero in un fiume di lacrime.

Si abbracciarono.

Senza respiro.

Stretti fin quasi a rimuovere in un istante tutto lo spazio che fino ad allora li aveva separati.

Si fusero l'uno nell'altra, diventarono una sagoma sola.

Anche io tremavo un po'. Era impossibile non essere travolti da quella cascata di emozioni. Ero felice, ridevo e piangevo con loro.

Samuel se ne accorse, e mi abbracciò. Rimasi un po' spiazzata: non mi aveva mai abbracciato fino ad allora.

Ma quel gesto valeva più di mille parole…

«Toglimi una curiosità», gli chiesi asciugandomi una lacrima, «che le hai detto in rumeno prima?»

«Che è bellissima», disse ancora tremando. «Non è bellissima, Claudia?» la additò.

La guardai come per accertarmi che fosse davvero là.

«Sì, Samuel», dissi sottovoce, «è davvero bellissima.»

Sono tornata a casa da poco, e non riesco a smettere di sorridere. Devo fare la valigia: domani parto per Londra. Aspettavo da tanto questo momento, e anche se sono un po' spaventata, sono certa che diventerò un bravo avvocato. Vorrei studiare diritto internazionale, e continuare a occuparmi di immigrazione.

Ma questa storia, la mia storia, no: non la metterò in valigia. La lascio qui, sul tuo comodino. Spero che tu la legga. Mi hai chiesto tante volte cosa mi passava per la testa da quando mamma è morta. Ma non riuscivo a parlarti. C'era un muro troppo alto tra di noi.

Ora voglio lasciarti i miei pensieri. Ma non solo. Qui c'è come ho visto te in questi anni. C'è quello che facevo il pomeriggio, quello che è successo ai miei amici.

Ah, a proposito, ho cambiato i loro nomi. Sai volevo raccontarti tutto senza censure, in maniera oggettiva, ma non voglio che tu interferisca nella loro vita.

Non voglio che tu capisca chi è Carlotta, perché ora sta meglio, e anche lei ha solo bisogno di dimenticare. Né che parli mai con la madre di Giorgia, anche se forse in questo caso capirai facilmente a chi mi riferivo. Non ho molte ragazze madri, tra le amiche. Giancarlo poi lo avrai individuato subito: è l'unico che mi è stato sempre accanto, discreto, fedele, ed è anche l'unico che ti è sempre piaciuto.

Ma so qual è la cosa che vuoi sapere più di ogni altra: Rodrigo. Lui si chiama proprio così, lui è l'assassino della mamma. Non so cosa sia giusto fare. Denunciarlo? Lei non tornerebbe indietro in ogni caso. E io non me la sento. Per quanto possa averlo odiato negli ultimi giorni. Ma la decisione la lascio a te. Io non potrò mai perdonarlo, ma so che più di tutto voglio dimenticare…

So che Londra mi aiuterà.

Ma prima voglio che tu sappia tutto.

Tutto quello che è successo, perché è successo, e cosa si è depositato in me. Sei mio padre, ne hai il diritto. È stato un cammino difficile, ma ne siamo usciti insieme: io dai miei problemi e tu dall'alcol, anche se non dalla tua disperazione.

Te l'avevo promesso no? Di dirti tutto quello che non ti avevo mai detto. Di spiegarti il mio dolore, muto.

Be', eccole qui: sono le mie parole del silenzio.

Parlano per te.

RINGRAZIAMENTI

Non posso non cominciare ringraziando mia madre, Annamaria. Mi ha trasmesso tutto, dall'amore per i libri fino all'amore in sé. È stata al mio fianco sempre, credendo in me più di quanto non ci riuscissi io stessa. È grazie a te se sono la persona che sono oggi.

E naturalmente mio padre, Raffaele, che mi ha incoraggiato a credere ai miei sogni, senza perdere la concretezza della vita di ogni giorno: sei la mia roccia, sulla quale posso sempre appoggiarmi prima di spiccare il volo.

Un grazie per me molto speciale va a Marida Lombardo Pijola, la prima che ha letto queste pagine. Grazie per i consigli, ma soprattutto grazie per avermi aiutato a spingermi oltre, perché sapevi che ce l'avrei fatta! Non mi dimenticherò mai la tua prima mail...

Poi ci sono alcuni tra i miei insegnanti, straordinari, che in questi anni mi hanno aiutata a formarmi, mi hanno incoraggiato a scrivere e trasmesso l'entusiasmo e la passione per i libri. Vorrei citarli tutti ma non posso. Però devo ricordare almeno Vittoria Salerno, la prima, che mi ha portato ad amare e apprezzare la letteratura come non sapevo ancora fare e ha letto il mio primo racconto, quando forse non avevo ancora dieci anni; Giovanna Iorio, un vulcano di energia e di entusiasmo, Jasmine e Roberto, per le tante ore insieme, e Christine Nace, che mi ha fatto amare la letteratura inglese quanto la nostra, perché una lingua non cambia la bellezza di un libro.

E Cinzia Tani, per l'amore che trasmette. Mi hai insegnato tante cose, in questi due anni, soprattutto l'importanza di non arrendersi mai.

Grazie, grazie, grazie ai ragazzi di Civico Zero, a Ive, a Mohamed e a tutti quelli che mi hanno permesso di vivere questa esperienza con loro. Mi avete ispirato, e aiutato a vivere la vita sotto una diversa luce. A ridimensionare i problemi e a capire quanto ogni persona ha dentro un abisso. Io, in confronto, ho un fiumicello asciutto.

E poi Federico, per ogni volta che mi hai incoraggiato ad andare avanti, a non mollare. Hai visto crescere questo libro come una parte di me che tu stesso hai tirato fuori. Grazie.

Martina F., mi sei sempre stata accanto. Uno specchio, nella gioia e nella tristezza, mi hai fatto sentire il supporto, il calore e l'affetto di un'amicizia che è arrivata a riempirmi.

E Costanza e Martina, fin dai primi passi, ogni giorno, una vita insieme nella quale siete sempre state presenti. Pronte a leggermi dentro, a capirmi, pronte a crescere con me.

E Barbara, che con la sua allegria contagiosa mi ha regalato il buonumore per andare avanti a sperare.

E infine Beatrice, anche lei da sempre al mio fianco, sempre pronta a riderci su, mi ha visto cambiare tenendomi per mano.

Poi i miei nonni, che fin da piccola mi hanno fatto respirare un'atmosfera diversa. Mio nonno con la sua passione per Dante ha sempre trovato un verso per rispondere alle mie domande.

Grazie alle mie zie per il supporto e l'affetto, e ultimo ma non meno importante a Goffredo, mio cugino, ma è come se fosse mio fratello. So che potrò sempre contare su di te.

Infine un abbraccio a tutta la squadra della Garzanti per avermi permesso di realizzare il sogno più grande, quello che credevo impossibile. È stato per me un grande privilegio, oltre che un'opportunità di crescere e imparare, lavorare con voi. Siete straordinari!

A soli diciassette anni, sei una scrittrice giovanissima. Come e quando è nata la tua passione per la scrittura?

L'inclinazione a inventare storie credo ci sia sempre stata. Mi ricordo che da bambina i miei genitori ridevano molto della mia capacità di costruire complicate avventure con qualsiasi cosa avessi a disposizione: dalle posate della tavola alle pentole della cucina. Poi ho cominciato a scriverle, perché non scivolassero via dalla memoria. Ma la prima volta in cui mi impegnai davvero avevo sette o otto anni, fu quando mia madre mi suggerì di provare a mandare un racconto per un libro di fiabe di bambini, *Un mondo migliore.* Non dimenticherò mai l'emozione, un paio d'anni dopo, di vedere il mio «albero magico», il protagonista, stampato su quelle pagine.

Quali sono gli autori che ti hanno formato e a quali libri sei più legata?

Da bambina leggevo soprattutto libri di avventura, come tutti: quelli di Harry Potter o Elena Melodia. La prima vera folgorazione però fu *Siddharta.* Cominciai a riempire la mia stanza di foglietti colorati con le frasi di Hesse e a comprare piccoli elefanti. Lo stesso mi successe poi con *Anna Karenina,* o con *1984* di Orwell. Ma amo anche libri più recenti, come ad esempio *Il profumo delle foglie di limone*, i libri di D'Avenia, *Il linguaggio segreto dei fiori*...

Cosa hai provato quando hai saputo che il tuo romanzo sarebbe stato pubblicato?

Sapevo che lo stavano leggendo e mi ripetevo in ogni momento di non sperarci troppo, ma non potevo evitare le farfalle nello stomaco a ogni squillo del telefono. Ero a scuola, durante l'intervallo del pranzo, quando ricevetti la telefonata. Esplosi in un pianto dirotto, che le mie amiche credettero disperato, ma che era in realtà una gioia incontenibile. Qualche volta i sogni si avverano...

Nel tuo libro descrivi il mondo particolare degli adolescenti in una grande città come Roma, dove vivi. Quanto della tua esperienza quotidiana c'è nel romanzo?

Molto, purtroppo. Ci sono i luoghi che frequentiamo, i discorsi che facilmente puoi ascoltare in molti licei romani, e soprattutto la tendenza a vivere sempre, quotidianamente, la dimensione del «branco» pur rimanendo sostanzialmente molto soli. Viviamo in chat ma non sappiamo più parlare.

Claudia, la protagonista, crescendo si sente sola e smarrita e crede che la soluzione sia appartenere a un gruppo per essere più forte. E per entrare in quel gruppo è disposta a fare di tutto. È davvero così trascinante la voglia di far parte di qualcosa e di farne parte a ogni costo?

Claudia è inizialmente una ragazza molto fragile, che in quell'appartenenza trova le sue uniche certezze. Ma quando il dolore la metterà in contatto con sé stessa capirà quanto falso e artefatto sia quel mondo. Ritroverà in sé i valori che le sono stati trasmessi e farà le sue scelte. Tuttavia la risposta è sì, perché certo non è facile alla nostra età sentirsi diversi. Il gruppo dà sicurezza e spesso si delegano le scelte.

Un tema molto forte del libro è il rapporto con i genitori. In particolare Claudia soffre per l'assenza del padre, che è una mera presenza fisica nella sua vita, e per il difficile rapporto con la madre. Credi che le relazioni con i genitori siano così importanti da influenzare le scelte e i comportamenti?

In realtà i miei genitori sono entrambi molto presenti nella mia vita, mi sostengono e mi supportano. Ma questa non è la norma. E credo che l'assenza di una famiglia possa fare la differenza. La differenza tra qualche sbaglio, che forse è normale a questa età, e il perdersi nei propri errori. Qualcuno che ti aiuti a capirli può essere fondamentale per non commetterne altri.

Da due anni fai volontariato in un centro di accoglienza per ragazzi immigrati come quello grazie al quale Claudia ritrova sé stessa e la sua identità. Qual è il maggiore insegnamento che hai tratto da questa esperienza e quanto ti ha ispirato nella scrittura del romanzo?

In realtà non è «come», il centro di accoglienza che descrivo è proprio Civico Zero: quelle stanze, quei luoghi, quelle presenze e soprattutto quelle storie. Storie vere, tutte quelle che ho raccontato e tante altre che ho ascoltato. Ragazzi meravigliosi, incredibili, e Ive, l'inimitabile Ive. La cosa più importante che ho imparato da loro è una nuova prospettiva: il loro sguardo sulla vita, sul nostro paese, così diverso da come lo raccontano al telegiornale quando si parla solo degli sbarchi. Tante altre cose al confronto sembrano meno importanti...

Nel libro è dato spazio a temi difficili come l'alcolismo e l'uso di droghe. Quanto sanno secondo te i giovani dei rischi che si corrono seguendo certi stili di vita?

Poco. O niente. È normale, lo fanno tutti, non può far male davvero... Poi magari senti che qualcuno che conosci è andato in coma etilico, o ha fatto un incidente con la macchinetta, e per qualche giorno se ne parla. Ma secondo me ci manca completamente la consapevolezza che per un errore la vita può davvero cambiare per sempre. Quando a scuola tentano di informarci sui danni delle droghe, c'è sempre l'idea che sia un'esagerazione, una cosa lontana.

Come riesci, frequentando il liceo, a conciliare i tuoi impegni di studio con la scrittura?

Dormo poco! No, in realtà non è sempre facile, soprattutto non lo è stato nell'ultima fase del libro, quando magari la revisione coincideva con il test di matematica. Ma secondo me si trova sempre il tempo per le proprie passioni.

Hai già l'idea per un nuovo libro?

Una, dieci, centinaia. L'abitudine di scrivere ovunque mi trovi, di tradurre i miei pensieri in parole non mi passerà mai. Ma prima di immergermi del tutto in una nuova storia devo lasciare andare via Claudia...

Finito di stampare nel mese di febbraio 2015
presso il Nuovo Istituto Italiano d'Arti Grafiche Bergamo